Lea-Lina Oppermann

**Was wir dachten,
was wir taten**

Für Leif

LEA-LINA OPPERMANN

WAS WIR DACHTEN, WAS WIR TATEN

Wir werden dir erzählen, was wirklich passiert ist. An diesem Tag. In diesen 143 Minuten.
Wir werden dir erzählen, was *wirklich* passiert ist.

Kann sein, dass es dich verändert.
Kann sein, es lässt dich kalt.
Kann sein, dass du schon davon gehört hast, im Fernsehen oder in den Schlagzeilen. So viele Reporter, die darüber berichtet haben, Fotos geknipst und mit dem Rektor gesprochen ... Wenn ja, vergiss es, nichts davon ist wahr.

Wir werden dir erzählen, was wirklich passiert ist.
Wir waren dabei.

Mark Winter   *Fiona Nikolaus*   *A. Filler*

»Es ist ein schwerwiegendes Sicherheitsproblem aufgetreten.
Bitte bewahren Sie Ruhe.
Begeben Sie sich sofort in einen geschlossenen Fachraum
und warten Sie auf weitere Anweisungen.«

MARK

Als es plötzlich im Lautsprecher knackte, war ich schon kurz davor, alles hinzuschmeißen.

Die Durchsage war meine Rettung. Während alle andern die Decke anstierten, nutzte ich die Gelegenheit, um vom Knallermann die dritte Aufgabe abzuschreiben. Knallermann, das ist Sylvester (Mädchenschwarm und Mathecrack – Knallermann macht's möglich).

Aus den Augenwinkeln sah ich, wie Herr Filler in meine Richtung spähte. Ein spitzschnabliger Habicht, bereit, sich auf mich zu stürzen.

Scheiße, dachte ich, und dabei hatte ich mir so viel Mühe mit der Platzwahl gegeben. Bei Klausuren muss man sich günstig positionieren, am besten ganz hinten in der Ecke bei dem Eingang. Schnell tat ich so, als wäre ich in meine eigenen Rechnungen vertieft.

»Mark!«

Ich zuckte zusammen. Er hatte mich erwischt. Sechs, aus, Ende.

»Mark Winter! Schließt du mal bitte die Tür ab?«

Jetzt erst blickte ich von meinem völlig sinnlosen Gekritzel auf. »Was?«

»Du schließt sofort die verdammte Tür ab!«

Ich war mir nicht sicher, ob mein mathegeplagtes Hirn mir nicht einen Streich gespielt hatte. Konnte das wirklich Herr Filler gesagt haben?

Statt den Lautsprecher starrten jetzt alle mich an.

»Mach endlich die Tür zu, du Depp!«, rief Sylvester.

»Beeilung!«, kommandierte Herr Filler.

Ich stand auf. Ging die zwei Schritte zur Tür. Drehte den Verschluss zweimal rum.

»So okay?«

Herr Filler nickte schwer atmend. »Mehr können wir im Augenblick nicht tun.«

FIONA

Herr Filler war für mich immer nur der smarte Mathelehrer. Der Mann in Jeans und dunkelblauem Sakko, der sich im Unterricht nie hinsetzte und auch nicht hin und her schlenderte. Herr Filler stand einfach, und zwar mit beiden Beinen fest auf dem Boden. Wie ein Filmstar, der einen Soldaten spielen soll.

In den ersten Wochen hatte es in unserer Klasse keine dringlichere Frage gegeben als die, ob er nun Schulterpolster trug oder nicht und ob er sich die Haare wohl färbte. Blond. Blond mit blauen Augen und ohne Schulterpolster. Das war Herr Filler. Nie wäre ich auf den Gedanken gekommen, er könnte auch nur eine Sekunde lang nicht Herr der Lage sein. Herr Filler und Angst, das war unmöglich!

Aber ich saß in der ersten Reihe. Und ich kann dir schwören, der hatte so was von Bammel.

»Herr Filler? Ist das der Amokalarm?«, fragte Ida-Sophie. Ihre Locken wippten auf und ab. Richtige Korkenzieherlocken waren das, keine fedrigen Vogelnestflusen.

Amokalarm. Mit welcher Lockerheit sie das gesagt hatte, als ginge es nur um einen Fehler im Vertretungsplan. *Amokalarm.*

Ein Unbehagen breitete sich zwischen uns aus, hüllte uns ein wie eine dichte Wolke. Ich sah meinen Füllerdeckel über die Tischkante kullern, ohne dass ich ihn aufhielt. Lauschte dem leisen Auftitschen. Merkte, wie Herr Filler bei dem Geräusch zusammenzuckte.

Es gibt Wörter, da kommt es gar nicht darauf an, wie du sie aussprichst. Es reicht, dass du es tust.

»Na ja, kein Grund, gleich den Teufel an die Wand zu malen.« Herr Filler versuchte, selbstsicher zu klingen, so wie sonst. »Ein Sicherheitsproblem, das kann alles Mögliche sein.« Er strich sich über sein Sakko, als wollte er die Angst wegschnippen wie einen Fussel. Strich über Schultern, die keine Polsterung nötig hatten. Herr Filler würde nicht zulassen, dass uns etwas passierte, das wusste ich.

Eigentlich.

»Aber wenn es ein Amokalarm wäre«, fragte ich, »dann würde diese Durchsage kommen, oder?«

Herr Filler nickte. Woraufhin ein kleiner Tumult ausbrach, alle redeten durcheinander. *Was, ein Amokläufer? Nein, das kann nicht sein. Ein echter Amokläufer?!*

Ich war genauso ungläubig wie der Rest der Klasse.

»Wer sollte das denn bitte sein?«, raunte ich meiner Freundin Greta zu, »so durchgeknallt ist doch hier keiner!« Meine Stimme klang schnell und spuckig und überhaupt nicht nach mir selbst.

Ich sah Greta an. Durch die Brille wirkten ihre Augen noch runder, als sie es ohnehin schon waren – große, dunkle Sorgenaugen. *Sag was,* dachte ich, *los, stimm mir zu, mach mir keine Angst!*

Greta fummelte an ihrem Brillenbügel. Das tat sie immer, wenn sie nachdachte oder verlegen war. An manchen Stellen war das Plastik schon ganz blank poliert. »Wahrscheinlich nicht«, antwortete sie.

Wahrscheinlich. Das Wort gefiel mir ganz und gar nicht. »Würden die doch endlich verraten, was los ist«, sagte ich. »Herr Filler hat recht, *schwerwiegendes Sicherheitsproblem,* das kann alles Mögliche sein!«

Regentropfen pladderten in der Stille gegen das Fenster. Zerplatzten an der Scheibe wie winzige Geschosse.

»Ja«, murmelte Greta, »das kann alles Mögliche sein.«

Ich dachte an die letzte Pause zurück, die vielen Schüler, in Grüppchen über den Hof verteilt. Manche quatschend auf den Stufen, manche auf der Mauer, um noch schnell die Hausaufgaben abzuschreiben, manche dahinter ... Ein paar komische Typen waren schon dabei. Solche, die sich die Haare färbten, alle zwei Tage anders, oder die T-Shirts trugen mit Marilyn-Manson-Zitaten oder die sich die Zunge piercen ließen, einmal mittendurch. Wie verrückt musste man sein für einen Amoklauf?

»Herr Filler!« Mark meldete sich, der Idiot aus der letzten Reihe. »Heißt das, wir müssen die Klausur nicht zu Ende schreiben?«

Ich lachte, laut und schrill. Wie absurd war das denn?

»Ruhe!« Da war sie wieder. Herrn Fillers Autorität. Er stemmte die Hände in die Hüften und fokussierte uns einen nach dem anderen. »Freunde, wahrscheinlich ist das hier kein echter Amokalarm. Wir warten gemeinsam auf weitere Anweisungen, bis dahin seid ihr einfach ruhig und arbeitet weiter.«

Allgemeines Aufstöhnen.

»Na toll.« Seufzend ließ Ida-Sophie den Kopf auf die Tischplatte sinken und eine Welle von Haaren schwappte über die Kante. »Ich dachte, wir müssen kein Mathe mehr machen ...« Sie pflückte sich eine Locke aus der Stirn und gähnte.

Ich mochte sie nicht besonders, vermutlich weil sie hübsch war. Versteh mich nicht falsch, ich hab nichts gegen hübsche Menschen. Nur gegen solche, die *wissen*, dass sie hübsch sind, und Ida-Sophie wusste das sehr genau.

»Meint ihr, da ist wirklich jemand ... unterwegs?«, fragte Tamara vorsichtig. »Jemand mit einer echten Waffe?« Durch die rosa Pausbäckchen wirkte sie immer noch ein wenig wie ein Kind, ein ziemlich verstörtes Kind.

Aber vielleicht waren wir das auch alle. Verstörte Kinder.

»Ich hab gesagt, ihr sollt abwarten!«, herrschte Herr Filler sie an und Tamara sackte zusammen. »Weiterarbeiten! Freunde, ihr habt noch viel zu tun!«

Sylvester hob die Hand, gerade so, dass es wichtig und gleichzeitig lässig aussah. »Sorry, aber wir können doch nicht abwarten und gleichzeitig weiterarbeiten, das geht einfach nicht.« Er lächelte verschmitzt.

Und wie das bei ihm so ist, waren alle sofort auf seiner Seite:

»Echt.«

»Genau!«

»Find ich auch.«

»Knallermann, *go!!*«

Das ist schwer zu verstehen, wenn man ihn nicht kennt. Wenn mich vor ein paar Jahren jemand gefragt hätte, wie ich mir jemanden vorstellte, der *Sylvester* hieß, hätte ich sicher alles Mögliche gesagt, nur nicht *cool*.

Bis unser Sylvester kam und alles über den Haufen warf. Umwerfend, ja, das war er, der Knallermann! Ich weiß nicht, wie er das machte, aber aus seinem Mund klang alles gut und schlau, und selbst wenn er schwieg, sagte das mehr aus als alles, was irgendein anderer von sich gab. Er war einfach ein Wunder, ein Genie, eine Bombe, kurzum: der absolut hinreißendste Junge, den man sich vorstellen kann.

Dabei sah er nicht mal besonders modelmäßig aus.

Okay, er sah *schon gut* aus mit seinem rabenschwarzen Haar, dem aufrechten Rücken, dem klaren, blauen Blick … Aber das taten Fabio und Luca auch und trotzdem hielt in ihrer Gegenwart nicht alle Welt den Atem an. Vielleicht war das so eine biologische Reaktion, vielleicht verfügte Sylvester über genau die Stimme, das Lachen, den Gang, bei denen jeder sofort *»Sympathisch!«* denkt, ganz automatisch. Es war ein Phänomen.

Wie von selbst nickte ich mit dem Kopf, einfach, weil *er* das sagte, dabei hätte ich gar nichts dagegen gehabt, die

Klausur noch zu Ende zu schreiben. Ich gebe es ja nur ungern zu, aber ich mag Mathe. Ich mag Zahlen. Ich mochte sogar Herrn Filler, obwohl ich nicht glaube, dass es irgendwo auf der Welt einen eingebildeteren Mathelehrer gibt.

»Danke, Sylvester, für diesen außerordentlich scharfsinnigen Beitrag.« Herr Filler war der Einzige, dem das Sylvester-Syndrom nichts anhaben konnte. Musste ein genetischer Defekt sein.

»Keine Ursache!«

Herr Filler zog die Stirn kraus, setzte seine »*Ich warne euch*«-Miene auf. »Freunde, ich warne euch, der Nächste, den ich ermahnen muss, kann sein Matheheft wirklich abgeben.«

»Och, Herr Filler«, Aline schlug die Beine übereinander und guckte so mäuschenmäßig wie möglich, »wir können uns gar nicht mehr konzentrieren ...«

»Ruhe jetzt, die Zeit läuft weiter!«

Hinter mir sprang jemand geräuschvoll vom Stuhl auf, Turnschuhe quietschten über den frisch geputzten Plastikboden.

Ich drehte mich um.

Mark.

Ohne ein Wort bahnte er sich den Weg durch die einzelnen Tische nach vorne, die Matheklausur unterm Arm.

Besonders cool sah er dabei nicht aus. Der verwaschene Pulli, den er trug, schlackerte zu sehr an ihm herunter, um noch wirklich modisch zu wirken, und die Turnschuhe hinterließen eine Bröselspur, die genauso matschbraun war wie sein Haar. Über seinem linken Auge klaffte eine Narbe, einmal quer durch die Braue wie ein X. Darunter Furchen, so tief wie bei einem, der seit Monaten kaum geschlafen hat.

Wer bist du eigentlich?

Mir fiel auf, dass dies das erste Mal war, dass ich ihn aus seiner Ecke herauskommen sah. Normalerweise hockte er bloß mit verschränkten Armen da, gebeugt, als interessiere er sich mehr für seine Schnürsenkel als für uns.

Mark stehend und Herr Filler sitzend – das war neu. Drei schrecklich spannungsgeladene Sekunden lang starrten sich die beiden einfach an,

lange,

unerträglich lange,

dann holte Mark aus und klatschte Herrn Filler die Blätter auf den Tisch.

Ich erschrak fast so sehr wie Greta. Das hier war eine andere Nummer als ein vermasselter Vokabeltest, es war unsere *letzte Klausur vor den Ferien* und, wie Herr Filler mehrfach betont hatte, die wichtigste.

»Mark, willst du es nicht zumindest noch mal versuchen?« Herrn Fillers Kiefer verhärtete sich. »Noch hast du genug Zeit ...«

Doch der schüttelte nur den Kopf. »Nö. Falls hier wirklich ein Irrer mit 'ner Knarre rumläuft, will ich die letzten Minuten meines Lebens nicht mit Mathe verbringen.« Ein Grinsen huschte über sein Gesicht, stolz vielleicht oder einfach verrückt. Er steckte die Hände in die Taschen und setzte sich zurück auf seinen Platz.

15

In diesem Moment verstand ich die Relativitätstheorie (wenn auch nicht ganz so wie Einstein).

In der Schule ist alles relativ wichtig. Wichtig also in Relation zu anderen Sachen. Wichtiger, als zu Hause auf dem Sofa rumhängen. Unwichtig, wenn es um Leben oder Tod geht. Wer weiß, vielleicht saßen wir nur da rum und lösten Gleichungen, weil uns gerade nichts Besseres einfiel.

Jetzt, wo ich so drüber nachdenke, kann ich das erklären. Damals dachte ich nur: *Irgendwie hat er recht, diese dämliche Klausur ist jetzt doch völlig egal.*

»Diese dämliche Klausur ist jetzt doch völlig egal!«, rief Fabio zwei Reihen hinter mir, anscheinend hatte sich die Relativitätstheorie nicht nur mir offenbart.

Geschlossen wie eine Gang sprangen Sylvester, Fabio und Ida-Sophie von ihren Stühlen auf. Oder war Sylvester eine Millisekunde vor Fabio und Ida auf den Beinen? Bestimmt, schließlich war er der Anführer, immer. Er blickte sich um und seine Augen funkelten so blau wie nur irgendwas.

Sylvester. Mannometer.

Fabio schlug ihm auf die Schulter, Fabio, das Kraftpaket, und trotzdem zuckte Sylvester kein bisschen zusammen, er nicht. Stattdessen lächelte er, mit halbem Mundwinkel, schaute kurz zu mir, *zu mir!, zu mir!,* und dann weiter an mir vorbei zu Ida-Sophie.

Sie lächelte zurück. Strahlte, fraß ihn fast auf mit ihren riesigen weißen Zähnen, merkte er das nicht?

Es versetzte mir einen Stich, mit welcher Selbstverständlichkeit er sich an ihrem Körper vorbeischob, so dicht, dass

ihre Hände sich streiften, seine braun gebrannt und mit
dunklen Härchen besetzt, ihre lang und fein wie Elfenfinger.

So traten sie nach vorne, Sylvester, Ida-Sophie und ganz
zum Schluss Fabio. Wie eine wahnsinnig schöne Gang. Und
mit welcher Eleganz knallten sie Herrn Filler die Klausurbögen vor die Nase! Erst Sylvester, dann Ida-Sophie und
schließlich mit einem unglaublich lauten Wumms Fabio,
während Herr Filler daneben stand. Auf einmal wirkte der
nicht mehr ganz so smart in seinem maßgeschneiderten
Sakko. Arbeitsverweigerung in seinem Unterricht! Unter
anderen Umständen hätte das niemand gewagt.

Unglaublich, wie schnell sich alles ändern kann, dachte ich,
während ich mich streckte, um meine Blätter zu denen der
anderen segeln zu lassen. Ja, genau das tat ich, auch wenn ich
ein flaues Gefühl dabei hatte: Ich ließ sie Herrn Filler vor die
Nase gleiten, genau wie Sylvester, genau wie Mark. Vierein-
halb eng bekritzelte Seiten, bedeutungslos mit einem Schlag.
Wow. Ich hatte nicht einmal dafür aufstehen müssen.

»Fiona! Wenigstens du könntest versuchen, die Arbeit ab-
zuschließen.« Herr Filler klang jetzt fast flehend. »Das ist
doch einfach nur Trotz, wir sind hier nicht mehr in der fünften Klasse ...«

Ich schaltete auf Durchzug. Was er sagte, war plötzlich al-
bern. Es war irrelevant.

»Was machen wir eigentlich, wenn wir Schüsse auf dem
Flur hören?«, unterbrach ich ihn. »Stellen wir uns tot?«

Ein paar der anderen lachten, doch ich erkannte ihre Stimmen nicht wieder.

»Genau, was machen wir dann?« Ida-Sophie legte den Kopf schief. »Hatten Sie dazu nicht vielleicht eine Einweisung oder so?«

HERR FILLER

Nein, ich hatte keine Einweisung oder so. Feueralarm ja, Amokalarm nein. Ich war erst seit knapp zwei Jahren an der Schule, Herrgott!

»Erst mal warten wir auf weitere Anweisungen.« Ich zwang mich dazu, mich nicht von der Aufregung der Schüler anstecken zu lassen. Vorbildfunktion. »Ich bin sicher, man wird uns bald genauer informieren, so lange bewahren wir bitte Ruhe. «

Bitte. Wie es mir auf die Nerven ging, dieses höfliche Getue. *Hört mal bitte zu, seid mal bitte leise, benehmt euch bitte nicht wieder wie im Kindergarten...*

Immer höflich bleiben.

Die Schüler akzeptieren.

Transparenz.

Manchmal wäre ich gern in einem anderen Jahrhundert geboren.

Nur Mut, mein Junge. Nachsichtig schaute Pythagoras von seinem Gemälde zu mir herunter, der weiseste Mathematiker aller Zeiten mit wallendem Vollbart und Denkergesicht, eingerahmt in Gold. Meine Freundin hatte ihn mir geschenkt, zu Weihnachten, letztes Jahr. Valérie. Wie viel lieber wäre ich jetzt bei ihr daheim gewesen! Hätte mit ihr auf der Couch gelegen, ihre herrlichen gefüllten Pfannkuchen vertilgt oder meinetwegen auch für sie den Staubsaugerbeutel gewechselt.

Trotz Hausstaubmilbenallergie.

Denn natürlich gaben sich die Schüler damit nicht zufrieden. Warten, das können Jugendliche nicht besonders gut. Schon gar nicht auf weitere Anweisungen. Noch schlaffer als sonst hingen sie auf ihren Stühlen, blass und unsicher, als würden sie von ihrer eigenen Coolness zu Boden gezogen. *Ein Haufen Leichen in meinem Klassenraum.* Einen winzigen Augenblick lang stellte ich mir das tatsächlich vor, die ganze Klasse, ausgelöscht von einem Moment auf den anderen. Was würde mein Chef dazu sagen?

»Kann ich bitte mein Handy wiederhaben, ich müsste mal kurz meiner Mum schreiben ...« Sehnsüchtig schaute Aline zu der Kiste unter meinem Pult herüber. Enges Top, lange Wimpern und ein Gesicht, dem man ansah, dass sie sich viel Mühe gab, es möglichst erwachsen wirken zu lassen. Sie schob die Unterlippe vor, ihre Augen glänzten mich an. Aline war eines dieser vielen überforderten Mädchen, die ihre Rolle erst noch finden mussten – man musste Geduld mit ihnen haben.

»Ich auch!« Gleich mehrere Schüler sprangen auf Alines Handy-Gejammer an. »Dann können wir auch gleich beim Sekretariat nachfragen ...« Ida-Sophie hatte sich auf ihrem Stuhl umgedreht und tuschelte hektisch mit Sylvester.

»Ruhe im Karton!« Ich zwang mich zur Konzentration. Vielleicht war irgendwo in der Schule ein Problem aufgetreten – nun gut, das lag außerhalb meines Handlungsbe-

19

reiches, daran konnte ich nichts ändern. Später würde man mich informieren. Bis dahin musste ich, so gut es ging, die Stellung halten.

Was ich brauchte, war ein Plan.

Es ist wie im Krieg: Wenn man gewinnen will, dann reicht es nicht, sich seine eigene Taktik zu überlegen, nein, man muss auch die Aufstellung des Gegners studieren.

Günstigerweise handelte es sich um eine kleine Klasse, nur acht Doppeltische. In vorderster Front: die Musterschüler, natürlich. Fiona, Brillen-Greta und an einem zweiten Tisch daneben Tamara mit ihrem dicklichen Kindergesicht. Folgsam und pflegeleicht alle drei. Was hatte Fiona sich bloß dabei gedacht, mir ihre Klausur hinzuschmeißen?

Linker Flügel: die Desinteressierten, die sich nicht einmal die Mühe gemacht hatten, Mark zu folgen. David und Jill in ihrer Friedhofstracht – ein wenig unheimlich, aber harmlos.

Im Zentrum: Ida-Sophie, die lockige Anführerin, flankiert von ihrer besten Freundin, deren Namen ich ständig vergaß. (Thea oder Svea oder so ähnlich). Bei ihr musste ich vorsichtiger sein. Wenn ich Ida-Sophie verärgerte, hatte ich in Kürze den ganzen Raum gegen mich.

Dahinter, in der Mitte, lungerte die Muskelkohorte, Sylvester und seine durchtrainierten Kumpane. Luca und Fabio. Deren betonte Lässigkeit, die mir sonst so auf die Nerven ging, war heute vielleicht ausnahmsweise einmal nützlich. Jeden, der half, Panik zu vermeiden, konnte ich gut gebrauchen.

Zumal Lucas momentane Freundin und Sitznachbarin Aline mit ihrem Gejammer noch immer Unruhe stiftete.

Rechts am Fenster: diejenigen, die es nicht in die Muskelkohorte geschafft hatten – der eine, Jan, weil er zu fett war, der andere, weil er ständig von seinen Eltern zum Lernen verdonnert wurde. Lasse. Sein Vater war im Elternrat.

Und dann war da noch Mark. Einzelkämpfer, zum Glück. Von ihm ging eindeutig die größte Gefahr aus. Typisch für ihn, sich direkt an der gegenüberliegenden Wand zu positionieren. So nah wie möglich am Ausgang und so weit wie möglich entfernt von mir und der Tafel.

Man war ja schließlich nicht zum Lernen hier.

Das Tuscheln breitete sich aus, zunehmend erregter. »Wenigstens ein Handy könnten Sie zur Sicherheit rausrücken«, brummte Sylvester, »meins zum Beispiel ...«

Luca nickte zustimmend.

»Mein Vater ist im Elternrat!«, rief Lasse.

Allmählich geriet ich wirklich ins Schwitzen. Mathe, Sport und Geschichte, das konnte ich den Kindern beibringen, aber nicht, wie man sich in einer solchen Situation verhält. Ich wusste es ja selbst nicht! Verzweifelt kramte ich in meinem Gedächtnis nach brauchbaren Verhaltensregeln, aber da waren keine Regeln. Bloß eine schwache Erinnerung an diese aufdringliche Frau mit der schwarzen Fleecejacke, wie sie ein Handout nach dem andern austeilte. Beim Vortrag letztes Jahr. Stundenlang hatte die krakeelt über Risikofaktoren und Prävention – es war die längste Konferenz meines Lebens gewesen und am Ende konnte ich mich trotzdem nur noch an die vielen blondierten Haare erinnern, die an ihrer Jacke klebten (sechs auf den Schultern, drei auf dem Rücken

21

und acht auf der Brust). Was hatte die noch gleich zum Thema Amoklauf gesagt?

Ruhe bewahren.

Ablenken.

Auf keinen Fall eine Massenpanik bei den Eltern auslösen.

Das war alles, was ich behalten hatte. Diese verfluchten Haare!

»Die Handys bleiben bei mir«, sagte ich. »Vielleicht brauchen wir die noch, um ... äh ... mit der Polizei in Verbindung zu bleiben.«

Entsetzte Blicke.

»Nur für den unwahrscheinlichen Fall, dass es da wirklich ein ernstes Problem gibt!«, fügte ich hastig hinzu.

Hervorragend, jetzt hast du zwar nicht bei den Eltern, aber dafür bei den Schülern eine Massenpanik ausgelöst.

»Der hat das doch voll nicht unter Kontrolle«, piepste Aline und am liebsten hätte ich sie dafür mit ihrem Smartphone abgeworfen, »vielleicht sind wir gleich alle tot!«

Luca nickte, sein brauner Pony fiel ihm bis fast über die Augen. Er schlang seiner Freundin beschützend den Arm um die Schulter, während er mich finster musterte. »Echt.«

Ich beschloss, es ganz wie die Monarchen im 19. Jahrhundert zu machen: die Meute durch kleinere Zugeständnisse ruhigstellen.

»Na schön, ich seh ja ein, dass es unter diesen Umständen etwas viel verlangt ist, noch zu Ende zu schreiben. Gebt die Blätter ab, ich werte das Ganze als Test, und nächste Woche wird wiederholt. In Ordnung?«

Das wirkte. Sylvester klopfte anerkennend auf die Tischplatte, Fabio grinste. Aline befreite sich aus Lucas Umar-
mung und entblößte eine Reihe äußerst gerader Zähne.
»Danke, Herr Filler! Sie sind voll nett!«

Noch vor einem Jahr wäre ich rot angelaufen vor Stolz, heute
nickte ich nur knapp. Schüler sind eine wankelmütige Masse und sie sind bestechlich. Sehr bestechlich. Kein Kapitän
wäre mit einer solchen Mannschaft in See gestochen – einer
Mannschaft, bei der jederzeit die Gefahr einer Meuterei bestand, nur weil die Wellen ein wenig höher schlugen.

Ich lehnte mich gegen die Tischkante. Mein Rücken krib-
belte unter dem vollgeschwitzten Stoff der Schulterpolster,
doch ich zog das Sakko nicht aus. Falls ich schon sterben
sollte, dann wenigstens ordentlich gekleidet.

»Also schön, Freunde, dann schickt mir mal den Rest der
Blätter nach vorne.« So tun, als wäre das alles so geplant,
das war der Trick. Dazu eine gesunde Portion Selbstbewusst-
sein und der Röntgenblick – mehr brauchte es nicht, um den
Schülern Respekt einzuflößen. Keine Klingel, wie die Pap-
penheim sie immer benutzte, und auch keine dieser lächer-
lichen Klangschalen.

Schon war das ganze Klassenzimmer erfüllt von eilferti-
gem Rascheln, das Flüstern verstummt. Ich spürte wie meine Schultermuskeln sich lockerten.

Alles war gut.

Man gehorchte mir.

Stapel von kariertem Papier wurden von Reihe zu Reihe

nach vorne durchgegeben, schlitterten über Tische, glitten hinunter, wurden wieder aufgehoben und landeten schließlich auf Gretas Schoß.

»Bitte schön, Herr Filler.« Hastig drückte sie mir die Bögen in die Hand, schlug schnell die Augen nieder, bevor ich etwas erwidern konnte. (Noch eine dieser Schülereigenarten: Schau niemals einem Lehrer in die Augen!)

Ich räusperte mich. »Und jetzt«, fuhr ich besänftigend fort, »sind wir am besten komplett leise. Falls, nur falls, da draußen von jemandem Gefahr ausgeht, wird er denken, der Raum sei leer.«

Kaum, dass ich das gesagt hatte, klopfte es.

MARk

Fast hätte ich gelacht. Da steht der großkotzigste Lehrer der Welt vor dir, und plötzlich klappt ihm die Kinnlade runter, als hätte er gerade erfahren, dass es keinen Weihnachtsmann gibt. Oder ihm wäre soeben aufgegangen, dass er seinen Fallschirm vor dem Sprung im Flugzeug liegen gelassen hat.

Nur blöd, dass ich wahrscheinlich genauso geguckt habe. Abgesehen davon, dass ich kurz davor war, laut loszuprusten, hatte ich eine Mordsangst.

Ich will hier raus! Nie zuvor hatte ich das inbrünstiger gespürt als jetzt, gefangen in Herrn Fillers Klassenzimmer. Scheiße, ich wollte so dringend woandershin, raus aus diesem verdammten Käfig! Mein Blick flog hinüber zum Fenster, suchte nach einem Weg nach draußen. Über die

Fensterbank? An der klapprigen Regenrinne entlang? Runterspringen, aus dem zweiten Stock?!

Es war ausweglos. Auch wenn ich kein Mathe konnte, die Gesetze der Schwerkraft kannte ich.

»Amokläufer klopfen nicht«, behauptete Lasse in die Stille hinein, »so was machen die nicht, das weiß ich, mein Vater ist bei der Polizei.«

Vielleicht hätten die Leute ihm eher geglaubt, wenn seine Stimme nicht so sehr dabei gezittert hätte.

»Oder, Herr Filler? Ist doch so?« Hilfe suchend wandte er sich nach vorne, glotzte zu Herrn Filler, als wäre der das Orakel vom Dienst. »Der würde nicht klopfen, ne?«

Als ob Herr Filler das wüsste! Der stand noch immer da wie erstarrt. Verkniffener Mund, Tropfen an der Adlernase, Augen wie zwei wild flackernde Blaulichter.

Es klopfte erneut.

»Wir machen nicht auf, Herr Filler, ja?«

Sofort hatte Ida-Sophie einen ganzen Fanclub auf ihrer Seite. Aufmachen? Niemals! Wir waren doch nicht lebensmüde!

Ich schnaubte verächtlich. Betrachtete die andren wie über eine Mauer hinweg, als wäre da eine unüberwindliche Grenze zwischen ihnen und mir. Ich sah sie reden und diskutieren und miteinander streiten ... Als könnten sie sich dadurch in Sicherheit bringen. Durch Labern.

Nur Jill schwieg hinter ihrem lila Pony, aber das war normal. Jill lag das Reden nicht besonders, sie sprach lieber über die Farben ihrer Klamotten: Gelb oder Orange hieß: *Alles*

25

okay. Rot hieß: *Vorsicht, bissig!* Und Schwarz: *Der Nächste, der mich anspricht, erlebt einen grausamen Tod.*

Jills Klamotten waren fast immer schwarz.

Aus dem Klopfen wurde ein Schluchzen. Wer auch immer da draußen wartete, er wollte wirklich *verdammt* dringend hier rein.

»Und was, wenn das ein Schüler ist, der ausgeschlossen auf dem Flur rumsteht und Hilfe braucht? Vielleicht war er gerade auf dem Klo und jetzt lässt ihn niemand rein ...« Gretas Stimme versickerte in Unsicherheit. Sie war auch sonst nicht die Mutigste. Hilfsbereit schon, aber nicht mutig.

»Wie gesagt«, antwortete Herr Filler mechanisch, »fürs Erste halten wir uns einfach an die Anweisungen, danach können wir immer noch ...«

»Aber wir können doch nicht einfach nichts tun!«, unterbrach ihn Fiona ungeduldig. Es war das erste Mal, dass ich sie so mit einem Lehrer sprechen sah, so wütend, so klar: »Sie sind Vertrauenslehrer, Herr Filler, Helfen ist Ihr verdammter Job!«

Ich fand das gut.

Herr Filler nicht.

Die Tür blieb verschlossen.

»Jemand sollte den da draußen nach seinem Namen fragen«, befahl Sylvester.

»Mark, du sitzt am nächsten an der Tür!« Ich weiß nicht mehr, wer es war, der diesen Geistesblitz hatte (vermutlich Lasse).

Eigentlich ist es aber auch ganz egal, denn alle anderen waren sofort derselben Meinung: »Schnell, Mark, geh zur Tür und frag, was der will!«

Ich krallte die Finger umeinander, begann ganz langsam, mir die Härchen auf dem Handrücken auszureißen, eines nach dem anderen.

Es war dieses Wimmern. Diese beschissenen Schluchzgeräusche katapultierten mich irgendwie woandershin, nach Hause, nach Früher, nach Dunkel, und plötzlich hämmerten die Fäuste auch auf mich ein. Dröhnten, krachten, wurden mit jedem Schlag mehr zu denen meines Vaters, seinen festen, dicht behaarten Händen, während sich das Wimmern da draußen in mein eigenes verwandelte ...

»Mach schon!«

Ich schreckte auf, grapschte mir instinktiv ins Gesicht. Fast erwartete ich, in das matschige, rote Etwas von damals zu greifen, aber natürlich war die Narbe längst verheilt.

Natürlich.

Ich fuhr mir durchs Haar, merkte, dass meine Finger zitterten.

Alle starrten mich an.

»Okay«, stieß ich hervor, »ich mach's.«

Ein kurzer Blick zu Herrn Filler, doch der hob bloß die Schultern und machte irgendeine fahrige Bewegung, die sowohl als Nicken als auch als Kopfschütteln zu deuten war.

Feigling.

Ich erhob mich.

FIONA

Zugegeben, Mark bewies an dieser Stelle echt Mumm. Den hatte er ja schon durch seine Klausurprotestaktion gezeigt. Während wir anderen nur dumm dasaßen und jede seiner Bewegungen verfolgten, stand er auf und marschierte zur Tür. Innerhalb weniger Minuten war er vom Deppen aus der letzten Reihe zum Helden der Klasse aufgestiegen.

»Wer bist du und was willst du?« Falls er Angst hatte, ließ er es sich nicht anmerken. Vollkommen bewegungslos stand er vor der Tür, die Hände tief in den Taschen vergraben.

»Hilfe, bitte helft mir! Macht auf, bitte!« Das war die Stimme eines Mädchens, eines weinenden Mädchens, bestimmt nicht viel älter als zehn Jahre.

Ich biss mir auf die Lippe. Wäre es ein Junge gewesen, es hätte mein kleiner Bruder sein können.

»Warum bist du nicht bei deiner Klasse?« Höchst überzeugend schaffte es Mark, wie der Luftschutzwart in einer finsteren Kriegsdoku zu klingen.

Das Mädchen – nein, das Kind! – klang jetzt noch panischer: »Ich hab den Raum nicht gefunden, und dann ... Bitte, ich bin tot, wenn ihr nicht aufmacht!« Lautes Schluchzen.

Langsam drehte sich Mark zu uns um und jetzt endlich begriff ich, was sich an ihm verändert hatte: Mark wirkte auf einmal *wach*. Beim Warten auf dem Flur, im Unterricht ... verglichen mit jetzt hatte er bisher die ganze Zeit vor sich hingedöst. Ob er froh war, endlich was Spannenderes zu erleben als die Matheklausur?

»Ein Mädchen. Sie hat Angst.«

Nein, das war er nicht. Ganz bestimmt war er nicht froh über den Alarm, dafür klang er viel zu ernst. Fünfmal so tief wie sonst kam seine Stimme mir vor, stark, fest. Fast so wie die von Sylvester.

»Soll ich aufschließen?«

Die Frage war offensichtlich nicht an Herrn Filler gerichtet. Von dem, so hatte Mark wohl beschlossen, war keine Hilfe zu erwarten.

Das erste Mal in unserm Leben hatten wir eine wirklich wichtige Entscheidung zu treffen.

»I don't know ...« Sylvester knetete seine Unterarme, sehnige, braun gebrannte Unterarme. »Vielleicht ist das ein Trick.«

Ein Trick, ein Trick, pochte es in meinen Ohren. Ja, vielleicht war das ein Trick. Ein ganz hinterhältiger Plan, um uns aus dem Klassenzimmer zu locken, uns entgegenzutreten und allesamt ... Allesamt was? Abzustechen? Als Geiseln zu nehmen? Ich versuchte mir vorzustellen, wie Herr Filler und wir gefesselt auf unseren Stühlen hockten, mit Paketband über den Mündern, aber es gelang mir nicht. Natürlich nicht, so etwas passierte vielleicht in irgendeinem staubigen Kriegsgebiet, aber doch nicht hier!

Das Pochen in meinen Ohren ließ ein wenig nach. Was auch immer das Mädchen da draußen erschreckt hatte, es musste eine harmlose Erklärung dafür geben – wie für alles Aufregende im Leben. Selbst das Tapptapp auf dem Dachboden hatte sich schließlich als harmloser Siebenschläfer herausgestellt. Die Wahrscheinlichkeit für einen echten, einen

29

wirklichen Amoklauf tendierte bestimmt gegen null, ach was, gegen minus eine Million!

Fast spürte ich Opas faltige Pranke auf meiner Schulter ruhen. *Trink erst mal 'ne Tasse Tee, meine Liebe. Man malt sich immer alles schlimmer aus, als es ist.*

Neben mir knirschte es. Ein vertrautes Geräusch, es stammte von Gretas Grübeleien. Sie hatte die Brille abgenommen und bog den Bügel, bis er knarzte. »Wir müssen helfen«, wisperte sie, »sonst sind wir schuld, wenn ...«

... jemand sie unwahrscheinlicherweise erschießt, beendete ich ihren Satz, bevor Opa mich davon abhalten konnte.

Der Regen prasselte gegen die Glasscheibe.

»Also was ist?«, fragte Mark, »soll ich?« Sein Blick blieb an mir haften. *Soll ich?*

Ich dachte an meine Schwester. Mila, meine schöne, starke Schwester, die längst studierte (in Oxford, Medizin). Dachte daran, was sie gesagt hatte an dem Tag, an dem mein Bruder in dem Müllcontainer verschwand.

Warum er da hineinkletterte, weiß ich nicht mehr, vermutlich wollte er einfach mal sehen, wie so ein Ding von innen aussieht. Und gerade als er auf dem Boden der leeren Metalltonne gelandet war, kamen zwei Typen vom Sportplatz vorbei, lachten, kamen näher und schoben die Öffnung zu, direkt über seinem Kopf. Der Knall war laut, Metall auf Metall, nur deshalb hörte ich ihn überhaupt von der anderen Straßenseite. Einer der beiden hielt den Deckel zu, während der andere weiterlachte.

Mila blieb sofort stehen. Sie sah die beiden Typen, hörte

meinen Bruder in der Tonne, Niels, der langsam Panik kriegte in dem dunklen Ding. Sie erfasste das alles mit einem Blick und lief los, quer über die Straße mit ihren klackernden, roten Schuhen.

Safran zerrte an der Leine, er wollte mit! Ich hielt ihn fest. »Bleib«, wiederholte ich ein ums andere Mal, »bleib, Safran!«

Die Typen waren bestimmt zwei Köpfe größer als ich und mindestens dreimal so breit. Der eine grinste blöd, der andere blies meiner Schwester Rauch ins Gesicht. Mit aller Kraft stemmte ich mich gegen die Leine, während Mila dem Typen die Zigarette aus der Hand schnippte, auf den Container zeigte und schrie. »Das ist mein Bruder, ihr Spatzenhirne, und den holt ihr da jetzt sofort wieder raus, oder ihr könnt was erleben!«

Keine zehn Sekunden später stand Niels wieder auf dem Gehweg. »Angst ist scheiße«, sagte Mila nachher, »da darfst du nicht drauf hören. Nie wieder, Fio, versprich mir das. Wenn was falschläuft, hör auf deinen Kopf, nicht auf die Scheißangst. Mach, was richtig ist, klar?«

»Klar«, hatte ich geantwortet, aus tiefster Überzeugung, während mein Herz ganz überquoll vor Bewunderung. Mila hatte gewonnen, sie hatte gewonnen, weil sie mutig war, und die dummen Typen, die hatten verloren. Mut war gut, meine Schwester war gut, was sollte daran unklar sein?

Und jetzt saß ich hier, im stickigen Klassenzimmer, während die Kleine da draußen klopfte und bettelte, und so klar war mir die Sache plötzlich gar nicht mehr.

»Lass es, bitte«, sagte Lasse in seinem typischen Lass-es-bitte-Ton, genervter Kindergärtner, umgeben von Säuglingen, »in der Durchsage hieß es klar und deutlich, wir sollen die Tür verschlossen halten, oder Herr Filler?«

Herr Filler schwieg.

»Genau, Mann«, Fabio verschränkte die Arme vor der Brust. Breite Arme vor einer immensen Brust. Lasse, Luca und er waren seit Jahren zusammen beim Basketball. »Das klingt jetzt echt hart, aber ... besser eine als wir alle. Wenn da draußen was ist, dann ist die eh schon so gut wie tot. Und wenn da nichts ist, tja ...«, er zuckte mit den Schultern, »dann braucht sie auch keine Hilfe!«

Über ihre Brillengläser hinweg starrte Greta ihn an wie einen Schwerverbrecher. Wenn es um Menschen geht, kann sie ziemlich starrsinnig sein. (Wenn es um Tiere geht, übrigens auch.) Fast konnte ich hören wie es in ihrem Kopf ratterte, wie sie kombinierte, abwog, sie war doch so unheimlich schlau. Tränen glänzten in ihren Augen. Warum sagte sie bloß nichts?

Die Stimme des Mädchens war mittlerweile heiser geworden, brüchig. Konnte sie es nicht einfach bei einem anderen Raum versuchen?

»Macht auf! MACHT AUF!« Ein wenig dumpf drang sie durch die Tür – fast so, als steckte sie in einer Mülltonne.

»Bitte!«

Nur war da diesmal keine Mila, die ihr zur Rettung eilen konnte.

»Schnell!«

Da war nur ich.

Nur ich ...

»Aufschließen«, sagte ich. Leise, aber laut genug, dass Mark es hören konnte.

Die grüne Tür lag gar nicht so weit von Sylvesters Sitzplatz entfernt und irgendwie hoffte ich, dass der Knallermann es auch mitbekam, dass ich mich für die Rettung des Mädchens einsetzte, dass er sich vielleicht sogar auf meine Seite schlug. Sylvester und ich gegen den Rest der Welt.

»Spinnst du?«, fuhr Fabio mich an. »Wir können der eh nicht helfen, damit bringst du uns alle nur in Gefahr!« Er lehnte sich zurück, der Totenschädel an seiner Halskette grinste in die Runde. »Jedenfalls ist das meine Meinung.«

»Das ist keine Meinung«, entgegnete ich. »Das ist Angst. Auf so was hört man nicht.« Erstaunlich, wie ruhig mein Atem plötzlich ging.

»Ach ja?«, spöttisch zog Ida-Sophie eine Braue hoch, »und auf was hört man dann? Auf dich?« Sie warf einen vielsagenden Blick zu Sylvester hinüber und der grinste zurück. »Never.« Seine Zähne strahlten.

Ich spürte, wie mir das Blut ins Gesicht schoss, während die beiden mich musterten. *Mit Sommersprossen sieht man immer aus, als hätte man Pickel*, hatte Ida-Sophie mal gesagt und ich bestand förmlich nur aus Sommersprossen.

Ich wandte den Kopf ab, schaute plötzlich nicht mehr zu Sylvester, sondern zu Mark, der noch immer abwartend in der Ecke stand.

Mark grinste nicht. Stattdessen machte er langsam einen

33

Schritt zur Tür und streckte die Hand zur Klinke. Er schien nachzudenken, die Narbe über seinem Auge zuckte nervös, er griff zum Riegel. *Soll ich?*

Irgendwie machte sein Vertrauen in mich mir Mut. Ich schluckte den Kloß in meinem Hals hinunter und nickte, entschlossen, mich von Ida-Sophie nicht einschüchtern zu lassen. Die war doch dumm wie Brot, das würde Sylvester schon noch begreifen!

Mach, was richtig ist. Die Tür zu öffnen *war* richtig. Es musste richtig sein, denn Mark wandte sich wieder um und entriegelte die Tür.

Die Tür schwang auf.

Davor stand ein schniefendes Mädchen mit zwei kurzen Zöpfen.

Und einer Pistole an der Schläfe.

MARk

Stell dir vor, du guckst einen Horrorfilm. So einen dieser richtig fiesen, die du eigentlich erst mit achtzehn sehen darfst. *»Mit den Augen der Gehenkten«* vielleicht oder *»Nachtaktiv – die Meuchelmafia 3«.* Der Film ist die totale Folter, aber gleichzeitig ist es auch ungemein aufregend, das Ding zu gucken, irgendwie macht es dir Spaß, dich zu gruseln und auf dem Sofa zu winden und den Leuten beim Schreien und Sterben zuzuschauen.

Und dann wird dieser Film plötzlich Wirklichkeit. Die Knochenhand greift durch den Bildschirm hindurch und schlägt dir die Chipstüte aus der Hand, der Superschurke springt aus dem Fernseher und mitten auf die Couch, während du dich noch an einem Erdnussflip verschluckst. *Tadamm!*

Kannst du dir dieses Gefühl vorstellen? Die Erkenntnis, dass du bis zu diesem Augenblick noch gar nicht wusstest, was Angst ist und was Gefahr, was Bosheit und was Schmerz? (Ja, Schmerz, denn echte Angst tut weh.) Spürst du den Klammergriff um dein Fußgelenk, das Messer im Nacken?

Glückwunsch, dann hast du jetzt eine grobe Vorstellung von dem, was mir durch den Kopf ging, als ich die beiden entdeckte.

Die Kleine und den maskierten Typen mit der Pistole. *Ein maskierter Typ mit Pistole*, der gehörte einfach nicht in die Realität – der hatte nichts in meinem Leben zu suchen, schon gar nicht an einem Montagmorgen mitten in der Schule!

Mehrere Mädchen schrien auf. Ein paar Jungs waren sogar auch dabei, glaub ich. Im Nachhinein hätte ich gern gesehen, wie Herr Filler reagiert hat, aber ich war etwas abgelenkt durch den Lauf der Pistole, der jetzt nicht mehr auf den Kopf der Kleinen, sondern direkt auf meinen zeigte.

Immerhin hast du deine letzten Minuten nicht mit Mathe verbracht, dachte ich, *immerhin... und jetzt stirbst du. Mit nicht mal achtzehn Jahren. Was eine Scheiße.*

Ich dachte nicht *Warum?* oder *Ich will nicht sterben!*, nein, mein letzter Gedanke war: *Was eine Scheiße.*

Tut mir leid, dass mir nichts Originelleres einfiel.

HERR FILLER

Da war. Ein. Fremdkörper. In meinem. Klassenraum.

Nie zuvor habe ich in einer Mathestunde mehr Unverständnis erlebt, als während dieser maskierte Kerl in den Klassenraum eindrang.

Kollektives Luftanhalten.

Geballte Sprachlosigkeit.

Ungeduldig scheuchte der Fremdkörper die beiden tiefer ins Klassenzimmer hinein. In der einen Hand hielt er die Pistole, mit der anderen zog er die Tür hinter sich zu.

Alles an meinem Körper schien zu gefrieren.

Ruhe bewahren.

Auf keinen Fall eine Massenpanik auslösen.

Mark machte keinen Mucks, kniff die Lippen zusammen, als wolle er den Schrei in seinem Mund gefangen halten.

Wie eine Statue ragte der Fremdkörper zwischen den Tischen hervor – schwarze Kapuze, weiße Maske und dazu diese grässliche, grässliche Waffe. Sein linker Schnürsenkel war halb geöffnet, hing zu Boden, als wollte er mir zuraunen: *»Das hier ist echt. Es ist real.«*

Sie standen jetzt mitten im Raum, Mark, das Mädchen und hinter ihnen der Unbekannte. Drum herum starrten die anderen von ihren Tischen zu ihnen auf. Geballte Sprachlosigkeit ... die sich allmählich in nackte Panik verwandelte.

Ich werde sterben. Die Erkenntnis traf mich mit der Wucht eines Keulenschlags, rammte mich mitten gegen die Brust.

Ich rang nach Sauerstoff, schwarze Flecken schoben sich vor mein Sichtfeld wie Aschewolken auf einem Schlachtfeld.

Ich werde heute sterben. Schlimmer noch, ich würde es als Opfer tun. Wehrlos, schreiend, und vollkommen sinnlos.

Bisher hatte ich das Thema Tod immer schön sauber aus meinem Leben rausgehalten. Was sollte das auch nützen, sich über etwas den Kopf zu zerbrechen, was man eh nicht ändern kann? So was war Zeitvertreib für den Philo-Unterricht, für Frauen mit grünen Duftkerzen im Fenster, die lieber tausendmal alles infrage stellten, anstatt endlich die Realität in Angriff zu nehmen. Sich auf das Wesentliche zu konzentrieren war schon immer eine meiner großen Qualitäten gewesen, eine, die mich oft weitergebracht hatte. Himmel, ich war jung! Natürlich nicht so blutjung wie dieser Haufen pickelgeplagter Teenager, aber doch noch weit davon entfernt, mich mit dem Sterben zu beschäftigen!

Ich war Anton Filler, zweiunddreißig Jahre alt, ruderte zweimal die Woche im Verein, hatte nicht mal den Ansatz einer Halbglatze und jetzt kam dieser Typ hier rein, um mir das einfach wegzunehmen? So viele Stunden, die ich hätte entspannen können, die ich mit meiner Freundin hätte verbringen können und die ich eisern, einsam in meine Doktorarbeit investiert hatte ... *Wehe, du stiehlst mir meine Zukunft,* dachte ich, *wehe!*

Im selben Moment schubste der Unbekannte die beiden mit seiner Waffe zur Seite.

Und die Pistole zeigte auf mich.

FIONA

Ich musste ein Schluchzen unterdrücken, so erleichtert war ich, dass er Mark verschont hatte. Dass Mark nicht in einer schrecklichen Blutlache am Boden lag, die Arme verdreht, die Augen seltsam stumpf. *Hilfe, und meine Schuld wäre es gewesen,* durchfuhr es mich, *ich hab ihn dazu gebracht, die Tür zu öffnen!*

Irgendwas war schiefgegangen. Das Richtige war nicht das Richtige. Mila hatte gelogen. Mein Großvater auch. *Seht her,* hätte ich ihnen am liebsten an den Kopf geworfen, *schaut, was passiert ist! Hier und heute, nicht in einem Buch!*

Doch Opa schwieg, er war an einem Herzinfarkt gestorben, schon vor sechs Monaten. Und Mila steckte in England, räumte vielleicht gerade die Küche auf, nach einer der wilden WG-Partys, von denen sie immer erzählte. Alles hätte ich darum gegeben, bei ihr zu sein. Alles.

Der Unbekannte marschierte durch den Mittelgang nach vorne, ein stampfender Haufen Schwarz. Hastig senkte ich in den Blick, mich umzudrehen, das wagte ich nicht mehr. Wilde Tiere fühlen sich durch so was schnell angegriffen, besonders Raubkatzen. In meinem Kopf kreischten die Gedanken durcheinander:

Er kann dich umbringen.

Er hat eine Pistole.

Warum hat er eine Pistole?

Bitte, Gott, wenn es dich gibt, dann mach was.

Hilfe.
Hilfe, Hilfe, Hilfe.
Ich muss auf Klo.
Ich hätte die Tür nicht öffnen lassen dürfen!
Auf die, die vorne sitzen, hat er bestimmt den größten Hass.
Tut Sterben weh?
HIIIILFEEEE!

Ich hatte das Gefühl, mein Schädel würde jeden Moment platzen und seinen Inhalt quer über alle Bänke verteilen. Wenn es einen Schalter gegeben hätte, mit dem man sein Gehirn auf Stand-by schalten kann, ich hätte, ohne zu zögern, gedrückt. Wie machten die anderen das bloß?

Herr Filler sah aus, als würde er gleichzeitig Mark den Tod und sich selbst ans andere Ende der Welt wünschen. Der maskierte Typ stand ihm nun genau gegenüber, keine drei Meter von mir entfernt.

Oh, dass man so große Angst vor einem Menschen haben kann. Ich war eindeutig aus einem anderen Holz geschnitzt als Mark, das merkte ich jetzt – und wie ich das merkte! *Töte mich nicht*, dachte ich, *drück nicht ab, bitte, bitte, nimm mir mein Leben nicht weg, ich will doch noch so viel machen da draußen – mit Greta mein Zimmer bemalen, einen Cocktail mit Schirmchen trinken, auf den Mount Everest klettern, ein Geigenkonzert geben in der Carnegie Hall, den Regenwald retten, Sylvester küssen ...*

Groß kam er mir vor, der Amokläufer, kaltblütig und unbesiegbar, wie ein Profikiller aus einem dieser Schrottfilme,

39

die mein Bruder so gerne guckte. *Wer bist du? Warum gibt es dich überhaupt?* Mein Blick wanderte jetzt doch zu ihm hinauf, ich konnte nicht anders, zum Glück konzentrierte er sich immer noch ganz auf Herrn Filler.

Nichts von ihm passte hierher, dabei war seine Kleidung im Einzelnen gar nicht so ungewöhnlich. Der Kerl trug mehrere Kapuzenjacken übereinander, eine lange dunkle Hose, ausgelatschte Turnschuhe und eine weiße Maske, die ihm den starren Ausdruck einer Schaufensterpuppe gab. Die Anonymität in Person.

Besonders mysteriös war die Stofftasche, die ihm störend über der Schulter baumelte. Am Anfang war sie mir gar nicht aufgefallen, aber jetzt, wo er so nah war, konnte ich sie unmöglich übersehen: ein schwarzer Beutel ohne Aufschrift, aber offensichtlich mit irgendwas darin, etwas Eckigem. Sprengstoff ...?

Ganz vage nur konnte ich durch die Maskenschlitze zwei Pupillen erkennen, dunkel, auf keinen Fall so leuchtend grün wie meine, aber vielleicht lag das auch bloß an dem Schatten, der auf seine Augenhöhlen fiel. *Kenn ich dich?*

In meiner Stufe gab es eine ganze Menge Leute, die gern Schwarz trugen, aber jemandem mit einer Schwäche für Bastelmasken war ich garantiert noch nicht begegnet. Oder doch? *Wenn ich doch nur sein Gesicht sehen könnte ...*

»Was wollen Sie?«, Schweißperlen quollen über Herrn Fillers Stirn, »die Schule ist bereits alarmiert, die Polizei wird gleich hier sein.«

Die *Polizei.* Was für ein wunderschönes Wort. Ein Schwall

der Hoffnung durchschwappte meinen Körper, weich-warm wie der Duschstrahl von zu Haus. Die Polizei, ja, die würde uns retten, zu uns hinaufstürmen und den Amokläufer in Handschellen legen. Denn das war ja schließlich ihr Job, nicht wahr?

Statt einer Antwort richtete der Unbekannte die Waffe auf den Lautsprecher und feuerte – einmal, zweimal, dreimal. Die Schüsse peitschten durchs Klassenzimmer, ohrenbetäubend fehl am Platz.

Ich riss die Hände an die Ohren, Plastikgestank biss mir in die Nase.

Gretas flattrige Finger schlossen sich um meinen Arm.

Herr Filler schwankte.

»... und warten Sie auf weitere Anweisungen.«

Auf die konnten wir nun lange warten.

MARK

»Jetzt haben Sie die Polizei endgültig auf sich aufmerksam gemacht.«

Plopp! Der Satz war draußen, rutschte mir einfach so heraus, ganz von selbst, wie eine Luftblase beim Tauchen.

Du denkst zu spät, Junge, das war schon früher immer mein Problem gewesen. Damals, als es noch die ewigen Kämpfe mit meinem Alten gab. *Du kannst dies nicht, du kannst das nicht, du bist genau wie deine Mutter ...* Wenn er erst mal in Fahrt war, war der Alte kaum zu bremsen, brüllte, tobte, schlug zu bis er außer Atem kam und seinen fetten Hintern auf die Couch plumpsen ließ (was glücklicherweise immer schneller der Fall war). Als der Typ mit dem Unfallbescheid kam, ich schwöre dir, ich hätte beinah gejubelt.

Auf quietschenden Sohlen drehte sich der Unbekannte zu mir um.

Kurze, spitze Krallen gruben sich in meinen Arm, mit Nagellack, der schon fast abgekaut war.

Ich reagierte sofort. Dumm war ich vielleicht, aber nicht so komplett verblödet, dass ich die Kleine mit in Gefahr bringen würde. Wie sollte sie sich denn schon wehren? So lächerlich winzig, wie sie war, mit Ärmchen so dünn, als könnte sie nicht mal einen Bleistift stemmen.

Ach, und du bist also das große Kraftpaket? Wieder die Hände meines Alten, sein verächtliches Grinsen, als er mir zum Spaß einen der Bierkästen zuwarf. *Weißt du, wie viele ich davon in deinem Alter schleppen konnte?*

Entschlossen packte ich das Mädchen an den Schultern, verfrachtete sie unter meinen Tisch und schob meinen Rucksack davor. Da kauerte sie jetzt wie ein Kätzchen, zu verdattert, um auch nur einen Ton von sich zu geben.

Schon hallten mir die Schritte des Unbekannten entgegen – er kam zurück, Voldemort kam zurück. Ein Luftzug, als er sich an meinem Tisch vorbeischob, dann baute er sich vor mir auf. Düster, bedrohlich, der Schurke schlechthin. Nur, dass ich nichts hatte, um mich unsichtbar zu machen, keinen Ring, keinen Tarnumhang, nicht mal eine Maske.

Und der Rucksack war auch schon besetzt.

»Sorry.« Ich war mir nicht ganz sicher, ob meine Entschuldigung dem Unbekannten oder der Kleinen galt. Schweißperlen sammelten sich mir im Nacken, rannen als zähflüssige Suppe meinen Rücken hinab. Verdammte Kacke, der Typ sah aus, als käme er mitten aus einem Gemetzel von Quentin Tarantino!

»Tut mir leid, wirklich«, wiederholte ich mit trockenem Gaumen, »das war auch eigentlich eher als«, ich überlegte, »äh ... Hinweis gemeint. Das mit der Polizei.«

Der Unbekannte schwieg, blieb stumm und reglos, die Pistole von sich gestreckt. Geradeaus, direkt in mein Gesicht.

Ich zwang mich, keine Miene zu verziehen. Sein Pulli wirkte klamm, stank wie die Arbeitshemden meines Vaters nach zehn Stunden auf dem Bau. Wie hielt der Kerl das bloß aus, in den warmen Klamotten?

»Ich dachte einfach, das sollten Sie vielleicht wissen. Nicht, dass die Bullen Sie noch total überraschen.« Ich lächelte schwach.

Langsam hob der Unbekannte den Kopf, nickte. Das schien ihm einzuleuchten.

Ich atmete aus – und spürte im selben Moment ein hartes Stück Metall an meiner Wange.

»Oh mein *Go–hott*!«

Ein Schauer rieselte mir den Scheitel entlang, richtete jedes einzelne Härchen auf.

»Oh mein Gott, der bringt den um!« Ida-Sophies Aufschrei schien Millionen von Lichtjahren entfernt, *in einer weit, weit entfernten Galaxis.*

Und tatsächlich kam ich mir vor, wie auf eine Leinwand gespannt, nur der Unbekannte und ich, während alle andern im Zuschauerraum saßen. Gaffend, ängstlich, aber ohne auch nur einen Finger zu rühren. Eben genau wie immer.

Der Unbekannte strich über meinen Nasenrücken, von der Spitze bis zur Stirn. Als würde er die Stabilität meiner Knochen erst testen wollen, bevor er sie zerschoss.

Ein Raunen ging durch den Saal.

Ich roch frische Böller.

»Chchra«, machte ich. »Chchrarachra!« Das ist Panisch und heißt so viel wie: *He, der Typ tätschelt mich mit der Pistole. Das gefällt mir nicht!*

Ich habe nie geschrien. Nicht ein einziges Mal, das machte meinen Alten rasend. Nur geheult hab ich, nachher, geflennt bis in die Puppen, wenn meine Augen so rot waren, dass die Leute auf dem Bürgersteig mich ganz erschrocken anstarrten. *»Hör mal, Mark, deine Eltern und ich, wir machen uns Sorgen ...«* Erwachsene sind so bescheuert.

Einer wollte mich sogar in die Jugend-Suchtstation stecken: *»Die kennen sich dort super aus mit so Problemfällen wie dir, verstehst du?«*

Keine Ahnung, wen ich schlimmer fand, die Kümmerleute mit ihren Stirnfalten oder meinen Vater, der mich zusammenfaltete. Zumindest das Gekümmere hörte irgendwann von selbst auf – lustigerweise genau dann, als ich wirklich mit Gras anfing.

»Könnt ich vielleicht noch eine rauchen?« Ich stellte diese

Frage nicht, aber ich hätte gern. Nicht weil ich unbedingt noch einmal den Nikotinrausch in meinen Lungen spüren wollte (wobei das ein angenehmer Nebeneffekt wär), sondern einfach, weil sich das in Filmen so gehört.

»Haben Sie noch einen Wunsch, bevor Sie erschossen werden?«

»Geben Sie mir 'ne Kippe.« Einen cooleren Abgang gibt es nicht.

Ich krümmte mich zusammen. Die Suppe von meinem Rücken sickerte in meine Shorts, lauwarm wie Pisse. Ich schloss die Augen.

Ich war nicht cool. Ich wollte leben.

HERR FILLER

Meine erste Zigarette klaute ich mit vierzehn, aus der Brieftasche meines Bruders. Des Ältesten. Exakt an dem Tag, an dem er mir das erste Mal einen Karl-May-Film zeigte: *Der Schatz im Silbersee,* von 1962. Großartiger Film, wirklich, auch wenn der historisch natürlich völliger Humbug ist (aber welcher Western ist das nicht.)

Darin gibt es zum Beispiel diese Szene, in der Old Shatterhand und seine Mannen sich in der Farm verschanzt haben und von Banditen angegriffen werden. Junge, Junge, da ging vielleicht die Post ab! Wie die Wahnsinnigen ballern die Kerle auf das Häuschen, gnadenlos, mit blitzenden Augen und wiehernden Pferden, während die Sonne auf den Präriesand brennt. Und gerade als den Helden die Kräfte ausgehen, kommt Winnetou mit seinem Gefolge über den Hügel geritten. Welch ein Anblick, danach wollte ich unbedingt auch so eine Kerbe im Kinn.

Und kämpfen konnte er! Blitzschnell sondiert er die Lage, prescht auf die Feinde in vollem Galopp, jagt sie allesamt zum Teufel mit seiner hölzernen kleinen Axt.

Das hat mich am meisten beeindruckt, mit welcher Tapferkeit der zu Werke ging. Andere träumten von Rennfahrern oder Fußballprofis, mein Zimmer war mit Karl-May-Postern tapeziert: Winnetou und Old Shatterhand, wie sie gemeinsam kämpften, wie sie Seite an Seite durchs Unterholz preschten, wie sie an einsamen Lagerfeuern die Friedenspfeife pafften ...

Ich bin Winnetou. Das sagte ich mir immer, wenn der Kloß in meinem Hals zu explodieren drohte. Unter der Decke im Schneidersitz, mit Untertasse, um ja nicht auf das Laken zu aschen. *Ich bin Winnetou, ich bin Winnetou, ich bin Winnetou.*

Vielleicht hab ich mir das gewünscht, heimlich. Dass wir irgendwann auch so zusammenhalten, meine Brüder und ich, mit Friedenspfeife, von Mann zu Mann. Das wäre schön gewesen.

Stattdessen haben sie mir Mehlwürmer in den Kissenbezug gesteckt. Fünfundsiebzig Stück.

MARk

Als ich die Augen wieder öffnete, war die Waffe verschwunden.

Der Unbekannte auch.

Ich blinzelte, wischte mir das taube Gefühl von der Backe und drehte mich um. Da, ein paar Schritte entfernt bei der Tür stand der Durchgeknallte, die Pistole lässig in der rechten Hand. Er hatte mich verschont, zum zweiten Mal an diesem Tag.

Meine Rückenlehne war schweißnass, mein Mund eine einzige Wüste. Ganz sicher, ob ich dem Braten trauen sollte, war ich mir noch nicht. Klar, wenn man dem zum Tode Verurteilten sagt: *»Hey Mann, war nur'n Scherz, du darfst doch weiterleben!«*, ist der schließlich auch erst mal skeptisch. Was denn, wenn der Typ sein Opfer absichtlich noch ein bisschen zappeln lässt, nur so zum Spaß, um es dann nachher umso blutrünstiger niederzumetzeln?

Eine Hand tastete nach meinem Arm. Das Mädchen nahm meine Finger in ihre schmalen Patschen und drückte zu. Kräftig.

Ich atmete durch. Also gut, auf den ersten Blick sah es aus, als wäre ich wirklich außer Gefahr, zumindest für den Augenblick. Der Unbekannte schien mich komplett vergessen zu haben; breitbeinig stand er hinter mir und schaute zur Tür. *Masken*, dachte ich, *Schurken tragen immer Masken, Hannibal Lecter, die Todesser ...* Und Sauron, trug der nicht auch eine?

Ein Geräusch riss mich aus meinen Gedanken, ließ uns alle gleichzeitig hochschnellen. In einer anderen Stunde wäre es uns vermutlich gar nicht aufgefallen, aber heute ... Heute war die heranrasende Sirene wie ein Paukenschlag.

Rettung! Endlich! Flackerndes Licht spiegelte sich an der Scheibe, färbte die trommelnden Tropfen blau.

Ich spürte, wie meine Nackenmuskulatur sich verspannte. Die Bullen und ich, das war bisher keine besonders herzerwärmende Geschichte gewesen. Ob Lasses Vater wieder dabei war?

Mitten am Bahnübergang hatte der mich eingesackt, und das nur, weil ich auf das Gleis geklettert war, um eine Münze zurückzuholen. Wir hatten die vom Regionalexpress platt fahren lassen, Sylvester, die andern und ich. Am letzten Ferienwochenende war das, sozusagen als Abschlussaktion bevor es wieder zurück in den Käfig ging. Ich war der Einzige, der sich traute, das Ding zurückzuholen. Nachts um drei kommen die Züge eh nur einmal pro Stunde, da kann man das locker riskieren, aber das wussten die andern wohl nicht, sonst hätten die wohl kaum zehn Euro dafür geboten. Ich also über die Absperrung, flott die paar Schritte über den Schotter, und wie ich die Trophäe gerade nach oben recke, packt mich auf einmal dieses Mopsgesicht im Nacken. Ich hab mich so was von erschreckt! Die ersten fünf Minuten wusste ich nicht mal, was los war, nur, dass ein fremder Fettwanst versucht, mich in seinen Wagen zu zerren. Geschimpft und krakeelt hat der in einer Tour, laberte irgendwas von wegen Verkehrsbehinderung, Fahrlässigkeit und irgendwann dann auch von Beamtenbeleidigung ...

Lasse hat sich natürlich sofort rausgeredet, hat gemeint, er wäre da nur zufällig reingeraten und überhaupt wär das ganz allein meine Idee gewesen, der Feigling. Die andren hat sein Vater schließlich noch mal davonkommen lassen, aber mich hat der höchstpersönlich zu Hause abgeliefert. Und so einer erzählt mir was von Fahrlässigkeit! Noch im Schlafanzug war mein Alter gewesen, als die beiden mich frühmorgens zu Hause ablieferten. Und wie ein tollwütiger Terrier hatte er sich auf mich gestürzt, als die Tür hinter den beiden ins Schloss gefallen war. Mann, der ist vielleicht ausgerastet. Ich hätte mich ja gern gewehrt, aber meine Reaktionsgeschwindigkeit war zu dem Zeitpunkt praktisch gleich null. Immerhin hatte ich so viel Alkohol intus, dass ich auch von den Schlägen nicht viel mitbekam – zumindest erst mal nicht.

Den Zehner schulden mir die andren übrigens bis heute.

Die Sirenen brachen ab. Das flackernde Licht an der Scheibe erlosch. Bestimmt standen die Wagen nun auf dem Lehrerparkplatz und entließen die Polizisten in Richtung Haupteingang. Von Weitem meinte ich ein Megafon zu hören, aber das konnte auch nur das Rauschen des Regens sein.

Jetzt bloß nichts Unüberlegtes tun, halt einfach die Klappe, nur dieses eine Mal ...

Ich glotzte zur Türklinke. Schwarze Handschuhe, die sich um den Griff schlossen, wie bei einem Einbruch in einem schlechten Krimi. Kurz hatte ich die Hoffnung, er würde einfach verschwinden, die Tür aufreißen und durch die Korridore Reißaus nehmen – doch da griff der Unbekannte auch schon nach dem Verschluss und verriegelte die Tür. Setzte

den Lauf seitlich an den Drehzylinder und drückte ab. *Paff!*
Der Knall durchzuckte meinen ganzen Körper. *Paff!* Ich
presste die Hände auf die Ohren und trotzdem dröhnte es so
laut, als würde jemand von innen gegen meine Hirnwände
schlagen. *Paff! Paff! Paff!*

Keine Ahnung, wo die Kugeln hinpeitschten, keine Ahnung, wie viele Schüsse es tatsächlich waren, jedenfalls gab
die Vorrichtung irgendwann den Geist auf und der Zylinder
fiel klirrend zu Boden.

Ich ließ die Hände sinken.

»Scheiße noch mal«, murmelte Jill. *Aber echt.*

Mit ein paar routinierten Handgriffen fingerte der Unbekannte an seiner Pistole herum. Ein Klicken, ein Klacken, ein
scharfes Einrasten, dann drehte er sich zurück zur Klasse.

Der Typ hatte uns – und sich! – soeben den Fluchtweg
abgeschnitten.

FIONA

Die Panik breitete sich aus wie eine Krankheit. Angstepide-
mie, hochansteckend und nicht mehr aufzuhalten. Wir waren *gefangen!*

Sylvester riss den Mund auf, Lasse prustete wie ein Ertrinkender und Jan sah aus, als hätte man ihn unter Strom
gesetzt.

Gefangengefangengefangengefangen ... Mir kam es so vor,
als hätte uns jemand die Sauerstoffzufuhr abgedreht, als
wäre die Luft plötzlich dünner als sonst. Ich keuchte. Keuch-

te. Keuchte. Und dachte dabei die ganze Zeit, wie dumm das war, dieses Nach-Atem-Ringen, und dass ich eigentlich auf meinen Kopf hören müsste, nicht auf die Scheißangst.

Es half nichts.

Das ist eben der Unterschied zwischen Mila und dir. Du denkst – Mila handelt. Ich bohrte mir die Fingernägel in die Schenkel. Warum konnte das nicht einmal aufhören, diese fiesen Gedanken, warum nicht mal jetzt?

Jills Miene war nach wie vor ausdruckslos, aber ich konnte sehen, wie ihre dürren Knie bebten. *Jill the Chiller*, selbst ihr ging es also nicht anders – selbst sie hatte Angst. Ja, wirklich, *Chill-Jill* hatte Angst! Irgendwie beunruhigte mich das fast noch mehr als die Pistole in der Hand des Unbekannten.

Wir waren in die Falle getappt, von Anfang an, wie eine Herde dummer Schafe. Hätten die Tür niemals öffnen sollen, genau wie Sylvester gesagt hatte, dann wäre jetzt vielleicht noch alles gut ...

Ein paar Sekunden lang schien der Unbekannte uns einfach nur zu beobachten, als wären wir Versuchskaninchen in einem besonders spannenden Experiment. Ließ uns warten,

schwitzen,

schrumpfen.

Was für ein Gefühl es wohl sein musste, so dazustehen, die Waffe in der Hand? Die totale Gewalt zu haben über jeden, der dir in den Weg tritt? Wie fühlt man sich als Grund für Todesangst?

HERR FILLER

Wenn es im Kollegium eine Umfrage gäbe, in welche Situation man als Lehrer auf keinen Fall geraten wolle, so wäre *»Eingesperrt mit einem Amokläufer und 14 Schülern in einem Klassenzimmer im zweiten Stock«* wohl am häufigsten angekreuzt. Nicht nur, dass man es mit einem bewaffneten Irren zu tun hat, nein, man muss auch noch dabei zuschauen, wie sämtliche Ordnung den Bach runtergeht. Alles, was du errichtet hast, das Vertrauen, die Regeln, die Autorität, das alles ist plötzlich wie weggeblasen. Du bist ein erbärmliches, kleines Würstchen, und jeder einzelne Schüler weiß es.

Reiß dich zusammen, Ruhe bewahren, die Polizei ist bald da. Ist bald da. Ist bald da... An dieser Hoffnung klammerte ich mich fest wie ein Ertrinkender an einem Strohhalm. Man würde uns evakuieren, uns in Sicherheit bringen, redete ich mir ein. Warum nur dauerte das so lange?

Fiona wirkte fahl wie ein Blatt Papier und Greta war kurz davor, ihre Brille in ein Häuflein Schrott zu verwandeln. Hektisches Getuschel im ganzen Klassenraum. *Wir müssen denen zeigen, wo wir sind! Aber wie? Mein Vater holt uns schon noch hier raus...* Das jedoch sofort verebbte, als der Wahnsinnige sich zu ihnen umdrehte.

Die Art, wie sie vermieden, ihm in die Augen zu sehen, betreten die Blicke senkten, erinnerte mich daran, wie ich gestern noch durch die Reihen gegangen war, um die Hausaufgaben zu überprüfen.

FIONA

Jeder für sich versuchten wir, gar nicht vorhanden zu sein. Eine extrem unangenehme Tätigkeit. Einer der Gründe, warum ich meistens meine Hausaufgaben erledige – dieses ständige Risiko, erwischt zu werden, wär mir viel zu stressig.

Gemäßigten Schrittes durchquerte er den Raum, ganz so, als sei er jetzt unser neuer Lehrer. An Autorität mangelte es ihm jedenfalls nicht! Tamara fuhr zusammen, als er die Waffe über ihre Bluse wandern ließ. Aline verschwand fast hinter ihrer Tischkante. Und Ida-Sophie, die sich sonst von keinem Lehrer was sagen ließ, stieß sogar einen spitzen Schrei aus, als der Unbekannte im Vorübergehen ihre Locken streifte.

Mit jedem Schritt schien das Klassenzimmer kleiner zu werden. Das Waschbecken, die Plakate, das Steinzeitskelett, alles rückte enger zusammen. Selbst meine Luftröhre verzog sich zu einem schmalen Spalt. *Nicht ich, nicht ich, nicht ich!*

MARK

Ich war so ein Idiot. Ich hätte die Gelegenheit nutzen sollen, als er die Pistole nachlud. Er hatte ja praktisch neben mir gestanden. Wenn ich mich unvermittelt auf ihn gestürzt hätte, dann hätte ich ihn mit ein bisschen Glück überwältigen können. Sprung auf den Rücken mit Würgegriff, Füße wegziehen und draufsetzen – hatte ich etwa noch nicht genug Action-Filme geguckt?

Sonderlich kräftig sah er nicht aus, obwohl er sich alle Mühe gab, so zu tun, als ob. Die festen Schritte, die vielen Jacken übereinander – das alles wirkte irgendwie einstudiert, als wollte er unter allen Umständen verhindern, etwas von sich preiszugeben. Und das konnte nur heißen, dass er schwach war. Logisch, jemand Starkes, der brauchte keine fünf Pullis übereinander, auch nicht im November. Der würde in sein Muskelshirt schlüpfen und fertig. Was ihn schützte, war einzig und allein die verdammte Waffe. *Du Idiot, du Idiot, du Idiot!*, schimpfte ich im Stillen auf mich ein.

Meine neue kleine Schwester zerquetschte mir fast die Hand. Wie mies es gewesen war, die Kleine als Türöffner zu missbrauchen. Kinder in ihre Kriege verwickeln – so was Krankes taten echt nur Erwachsene.

Hilflos tätschelte ich ihr die Schulter. Was hätte ich schon sagen können, um sie zu trösten? *Du hättest sie retten können*, das war das Einzige, woran ich denken konnte, als der Amokläufer so durch den Mittelgang wieder nach vorne ging. Vorbei an den Tischen, Schritt für Schritt für Schritt. Noch vor wenigen Sekunden hätte ich sie alle retten können: Sylvester, Luca, Aline, Jill, die Kleine, ja sogar Herrn Filler! Und Fiona. Mann, das wäre was gewesen, ich dem Irren vor ihren Augen todesmutig die Knarre entrissen und ihn mit einem gezielten Tritt ins Traumland befördert ...

Einen Helden fragte keiner mehr nach seinen Schulnoten.

Die Kleine schniefte, zog die Nase hoch, und auf einmal verstand ich, was sie wimmerte: »Warum macht er das?«

Ja, warum. Ich stutzte, die Kleine hatte recht: Warum knallte der Typ uns eigentlich nicht einfach ab? Warum lebte ich noch? Dass er abdrücken konnte, hatte er bereits bewiesen, was hielt ihn davon ab, ernst zu machen? Skrupel? Mitleid?

Irgendetwas sagte mir, dass es andere Gründe waren, die ihn zurückhielten, noch zurückhielten. Diese Zielstrebigkeit, mit der er die Tür verrammelt hatte ... der Kerl hatte etwas vor. Er brauchte uns noch.

Wozu auch immer.

HERR FILLER

Ich wusste nicht, was ich mit meinen Händen anfangen sollte, als der Kerl wieder auf mich zukam. Offen entgegenstrecken, das würde nur unterstreichen, wie wehrlos ich war. Links und rechts hängen lassen, das könnte ihn provozieren. Und hochheben, das kam mir übertrieben vor, immerhin waren wir hier nicht in einem Western.

Gott, wie meine Finger fröstelten. Spontan entschied ich mich für eine vierte Möglichkeit und setzte mich darauf. Hände zwischen Sitzfläche und Oberschenkel, exakt in dieser Weise hatten die Häftlinge der Stasi früher auch immer dahocken müssen.

Ein Zeitzeuge hatte mir das erzählt, für meine Semesterarbeit: »*Du weißt nicht, wie spät es ist, nicht, was draußen vorgeht, nicht, wie lange du schon verhaftet bist, was mit deinen Freunden, deiner Familie passiert ... es gibt nur dich und den, der dich verhört. Du kannst dir nicht vorstellen, wie zermürbend das ist.*«

Nun, jetzt konnte ich es mir vorstellen. Ganz genau sogar, mit jeder Faser meines Körpers. Fingerspitzen, die langsam taub wurden unter dem Gewicht der Beine, Füße, die vor Anspannung pochten, die eng zusammengekrümmten Zehen. Das Haar, das mir in die Stirn hing und das ich nicht wegzuschnippen wagte. Und schließlich der Schatten, der vor mir auf die Tischplatte fiel.

Ich schaute auf. Der Anblick, der sich mir bot, wirkte so unrealistisch, dass ich im Kino sofort die Augen verdreht hätte: eine weiße Maske, durch deren Augenlöcher nur zwei dunkle Schatten zu erkennen waren, eine unförmige Kapuzenjacke, schwarze Handschuhe, eine Pistole, die direkt auf mich gerichtet war.

Ich musste etwas sagen, irgendwas, um die Lage zu entspannen.

Ich hüstelte. »Ähm ... Sie machen einen großen Fehler, wenn sie jetzt ...«

Der Unbekannte machte einen Schritt zur Seite und zielte mit der Pistole auf Fionas Mund. *Noch ein falsches Wort,* sollte das wohl heißen, *und ich erschieße deine Schüler, einen nach dem anderen.* Er trat zu mir zurück und platzierte mir die Waffe genau zwischen den Augen. *Und dann töte ich dich.*

Mein Rachen war plötzlich so ausgedörrt, dass ich schon befürchtete, gar nichts mehr sagen zu können. Ich versuchte, zu schlucken, doch da war nichts zum Schlucken. Mein Räuspern klang wie ein Röcheln.

Mein Räuspern *war* ein Röcheln.

Verzweifelt schielte ich wieder zum Fenster. Wie viel Zeit

war vergangen seit der Durchsage? Müssten dort drüben am Zebrastreifen nicht längst die ersten Streifenwagen parken? Und vorne am Haupteingang, müssten sich da nicht schon Hunderte von Polizisten tummeln? Tausende von Polizisten, die mit Schutzschild, Helm und Dienstwaffe das Gebäude erstürmten wie im teuersten *Tatort* der Weltgeschichte – ich sah sie förmlich vor mir, wo blieben die bloß?

FIONA

Greta legte mir besorgt eine Hand auf den Arm. Sie war warm und roch nach Handcreme, ich kenne niemanden, der weichere Hände hat als Greta. Solche, von denen man sich niemals vorstellen könnte, dass sie einem wehtun könnten. *Fio? Alles okay?*

Ich antwortete nicht. Meine Lippen fühlten sich eiskalt an, starr, als könnte ich nie wieder sprechen. Als hätte der Typ sie ein für alle Mal versiegelt.

Als wäre ich schon tot.

Ich schüttelte den Kopf. Nein, es war nicht alles okay. Genau genommen war hier überhaupt nichts okay und das würde es auch nie mehr sein.

Jedenfalls nicht von allein.

Verstohlen spähte ich hinüber zu den Handys, die in einer Kiste neben dem Pult lagen. Glänzende, kleine Hoffnungsträger, sorgfältig aufeinandergestapelt. Meines lag ganz oben. Es steckte in einer gelben Plastikhülle mit Hundewelpen vorne drauf und lächelte mich an.

57

Der Unbekannte hatte sich abgewandt, tastete mit der freien Hand in dem seltsamen Beutel über seiner Schulter. Ein großer Beutel.

Ich überlegte. Wenn ich mich sehr streckte, könnte ich das Ding mit den Fingerspitzen zu fassen kriegen, könnte es unter meinen Tisch ziehen, anschalten und den Notruf drücken.

Den Notruf.

Den Notruf.

Den Notruf.

»Fio!« Greta packte mich an der Schulter, sie hatte erkannt, was ich vorhatte, erkannt, dass es Wahnsinn war. Und die tiefe Furche auf ihrer Stirn verriet eindeutig, dass sie mir nicht dabei zugucken würde. *»Versprich es mir«,* baten ihre Augen, *»versprich mir, dass du das lässt!«*

Ich ließ mich tiefer auf den Sitz rutschen, tiefer, tiefer, noch tiefer ... Meine Hand glitt nach vorne, zitternd, aber zügig, jetzt nur noch wenige Zentimeter von der Kiste entfernt.

Greta keuchte.

Er bemerkte es nicht.

»Sie sollten die Handys woandershin legen«, sagte Greta.

Ich fuhr auf, meine Hand schnellte zurück. Zwischen mir und den Handys war auf einmal eine unüberwindliche Wand. Wie konnte sie nur!

Mit einem Satz war der Unbekannte bei uns, die Waffe umkrallt. Er roch nach Schweiß und irgendeinem Waschmittel, sein Atem klang wie ein hungriges Tier.

»Man könnte sonst noch versuchen, Alarm zu schlagen«,

erklärte Greta, ohne mich anzusehen. »Mit den Handys. In der Kiste.« Sie verstummte.

Eine entsetzliche Stille trat ein, alle warteten wir darauf, wie der Unbekannte reagieren würde – dankbar? Wütend?

Ich konnte förmlich hören, wie es hinter der Maske rumorte. Bestimmt fragte er sich, was die Aktion sollte. Ob das ein Trick war, um ihn zu überwältigen, irgendwas Geniales, Todesmutiges. Dabei war es einfach bloß simpler Verrat. Langsam, ganz langsam, beugte sich der Unbekannte hinunter und hob das Kästchen auf, während er Greta mit der Waffe fixiert hielt.

Sie machte keinen Mucks, schaute nur stumm geradeaus.

Verräterin.

Im Schneckentempo wandte sich der Unbekannte zum Fenster, die Pistole starr auf Gretas Brust gerichtet.

Herr Filler hob die Arme und ließ sie wieder sinken. Er sagte nichts.

Mit dem Ellenbogen öffnete der Unbekannte den Riegel und schob die Scheibe nach oben. Kalte Luft fegte zu uns herein, winzige Regentropfen wehten auf mein Pult. Der Unbekannte holte ein wenig aus und …

Nein.

Etwas in mir weigerte sich, die einzelnen Teile der Szene zusammenzusetzen. Die Kiste. Die klackernden kleinen Rechtecke darin. Die Hand des Unbekannten. Das Fenster, an dem noch die Tropfen klebten. Und schließlich das krachende Geräusch von irgendwo da unten.

Ein kollektiver Seufzer des Entsetzens breitete sich aus.

Ida-Sophie presste die Hand auf den Mund, um nicht loszuheulen, Aline konnte ein Quieken nicht unterdrücken.

Unsere letzte Chance, mit der Außenwelt in Kontakt zu treten.

Ich hatte sie vermasselt.

Automatisch dachte jeder an das viele Zeugs, das mit den Handys in die Tiefe gerissen worden war, die vielen Fotos und Nachrichten, die nun zerschellt auf dem Schulhof lagen. Bilder von Safran schossen mir in den Kopf – Safran als Welpe im Papierkorb, Safran mit Stöckchen im Maul auf dem Eis und Clownsnase zu Karneval, Safran mit Mila im College Park.

Weg. Für immer.

Dann ging alles blitzschnell. Megafonstimmen schrieen durcheinander, Stiefel rumsten über den Asphalt. Dort unten mussten sie also sein, die Polizisten, hatten sich vielleicht schon um das Gebäude verteilt. So nah war die Rettung schon ...

Ohne es überhaupt richtig zu merken, sprang ich von meinem Stuhl und warf mich in Richtung Fenster.

Ich hatte keinen Körper mehr.

Ich war ein pures Panikbündel.

»Hilfe!«, brach es aus mir heraus, »Hilfe!« Als er mir in den Weg trat, schrie ich noch immer, mitten hinein in sein Maskengesicht: »Wenn du dich umbringen willst, bitte, aber, was hat das mit uns zu tun?!«

Ganz komisch klang meine Stimme dabei, heiser, verzweifelt, an den Enden ausgefranst. Viel zu laut.

HERR FILLER

Am liebsten hätte ich ihr höchstpersönlich eine gescheuert. Das da eben, war so ziemlich das Dümmste, das Falscheste, das Idiotischste, was man nur hätte tun können!

Mit zwei Handgriffen hatte er sie gepackt, viel wog sie ja nicht.

Tamara polterte vor Schreck fast vom Stuhl, als er Fiona am Nacken zum Fenster zerrte, die Pistole fest an ihre Wange gepresst.

Greta öffnete den Mund, als wolle sie etwas sagen, schien sich dann jedoch eines Besseren zu besinnen und biss stattdessen in ihren Brillenbügel.

Ich schloss kurz die Augen.

Ein Klirren, der kleine Kaktus, den mir mein Chef zur Verbeamtung geschenkt hatte, polterte herunter und verteilte seine Erde auf den Fliesen.

Der Unbekannte hatte Fiona über die Fensterbank gestoßen.

Irgendwo, von ganz weit weg, hörte ich die Stimme meiner Freundin: *Und du hast gar nichts getan, um sie zu retten? Der Typ schnappt sich eine deiner Schülerinnen und du versuchst es nicht einmal?*

Wie eine Puppe hing Fiona in seinem Griff, während ihr die Regentropfen ins Gesicht schlugen und der Wind in ihren kurzen Haaren wühlte.

Ich bebte, zitterte am ganzen Körper, nicht vor Angst, sondern vor Wut. Wut auf dieses dumme Mädchen!

»Was das mit uns zu tun hat, würde ich auch gerne wissen.« Mark. Auch das noch.

»Ich meine, Sie setzen sich diese bescheuerte Maske auf, kommen hier rein, bedrohen uns – was wollen Sie? Was willst du?«

Ohne die Hand aus Fionas Nacken zu nehmen, drehte sich der Bewaffnete zu ihm um. Sein Pappgesicht leuchtete weiß unter der dunklen Kapuze hervor, dazu die teilnahmslostoten Augenhöhlen eines Henkers. *Er sieht sich selbst nicht mehr als Person,* dachte ich, *er hält sich für einen Vollstrecker, frei von jeder Verantwortung – ein Gesetzloser, der nur noch nach seinen eigenen, bizarren Regeln lebt.*

Wenn es für ihn denn überhaupt noch so etwas wie Regeln gab ...

Ein Schlag. Der Bewaffnete riss Fiona zurück und knallte das Fenster zu. Blut glänzte an ihrer Unterlippe. Grob schubste er sie von sich weg, zurück zu ihrem Platz.

Statt einer Antwort wandte er sich zur Tafel, nahm einen meiner nagelneuen Boardmarker und schrieb. Drei Worte nur, schwarz, nach rechts geneigt, ein wenig ungelenk.

Woher kannte ich diese Schrift?

MARK

Bevor ich in die Schule kam, waren Buchstaben für mich wie ein geheimer Code, einer, den nur Erwachsene beherrschten und den ich unbedingt knacken wollte. *Lesen, das ist was für Frauen und Schwächlinge!* Ich habe meinem Vater das nie

abgenommen. Für mich war absolut klar, wenn ich nur endlich lesen könnte, dann könnte mich nichts mehr aufhalten,
dann wüsste ich Bescheid. Über alles.

Tja, und dann kam ich in die erste Klasse. Und sobald ich
wusste, was der Rotz bedeutet, war es mit dem Zauber ein
für alle Mal vorbei: *Anna mag Eis. Tommi spielt Ball.* Und
später: *Subtraktion ist die Addition des Gegenwertes.*

Nee, danke!

Die Hand des Unbekannten fuhr über die Tafel, ruckartig
von links nach rechts. Von hinten sah es nicht viel anders
aus, als bei den richtigen Lehrern auch – ein Rücken, ein
Arm, eine Hand vor einer weißen Tafel.

Trotzdem hätte ich in diesem Moment alle meine PC-Spie-
le hergegeben, nur um lesen zu können, was er schrieb.

FIONA

Er hatte mich nicht geschlagen. Nur an den Haaren gepackt,
und im Nacken, geschüttelt wie einen nassen Hund. Der
Blutgeschmack kam nicht durch ihn. Ich hatte mir selbst auf
die Lippe gebissen. Es tat weh, aber es hätte schlimmer kommen können. Viel schlimmer – wenn Mark nicht gewesen
wäre.

Jemand hat dir das Leben gerettet. Der Gedanke klang un-
wirklich, machte mich ängstlich und gleichzeitig froh. In
welche Geschichte war ich da bloß hineingeraten? So viele
hatte ich gelesen, über Liebe, Tod, Verrat ... jetzt steckte ich

selber in einer. Einer Welt, in der alles zählt, nur nicht die nächste Matheklausur. *Von jetzt an wirst du immer etwas zu erzählen haben,* kam es mir in den Sinn, *in den Pausen, auf den Partys, immer. Vielleicht wirst du sogar in Talkshows eingeladen!*

Wenn du bloß heil hier rauskommst ...

Wie ich zurück zu meinem Platz kam, weiß ich nicht mehr. Weg, bloß weg von diesem maskierten Monster und seinen Horrorhänden! Ich fröstelte, das Haar hing mir strähnig ins Gesicht und tröpfelte vor mir auf den Tisch.

Plitsch.

Plitsch.

Plitsch.

Ich hatte die Polizisten sehen können, weit, weit unter mir, patschnass, aber in voller Montur. Hatte ihre Maschinengewehre gesehen, ihre Helme, die dicke, schwarze Kampfkluft – und ihre entsetzten Gesten, als sie mich und den Unbekannten am Fenster entdeckten. Ich hatte gesehen, wie sie zurückgewichen waren, hektisch durchs Megafon brüllten, und miteinander sprachen. Hatte verstanden, dass wir immer noch auf uns allein gestellt waren.

Neben mir spürte ich Gretas schlotternden Körper, und am liebsten hätte ich sie gepackt und genauso geschüttelt wie der Unbekannte zuvor mich.

»Fio, es ...«, hob sie an, doch ich drehte mich nicht einmal zu ihr um. Wo war der Ausgang aus diesem vertrackten Traum?

Ich weiß nicht mehr, wie ich es schaffte, den Kopf zu he-

ben und die tanzenden Zeichen an der Tafel zusammenzu-
fügen. Es hätte genauso gut Chinesisch sein können. Oder
Arabisch. Für einen Augenblick kam es mir vor, als hätten
meine Augen verlernt, die Striche und Bögen zu deuten, als
hätte es all die Schmöker, die ich verschlungen hatte, nie gegeben.

Meine letzten Wünsche. Das war es, was dort stand. Nichts
Blutrünstiges, nichts Monstermäßiges, nur diese drei einfa-
chen Wörter:

Meine.

Letzten.

Wünsche.

War das der Grund, warum er hier war? Weil es sein letzter Wunsch war, sich bewaffnet auf eine Gruppe Schüler zu
stürzen?

Wenn ja, dann war er einfach krank, mehr als krank. Was
konnte er denn schon gegen uns haben?

Ich weiß noch, früher, als ich kleiner war, hatte ich immer
große Angst gehabt, nach Einbruch der Dunkelheit noch vor
die Tür zu gehen – und sei es nur, um die Kaninchen zu füt-
tern. Irgendwie hatte ich jedes Mal das bedrohliche Gefühl,
dass da jemand lauerte, stundenlang hinter den Regenton-
nen ausharrte, nur um mich umzubringen. Vielleicht kennst
du das auch, wenn du abends das Licht ausschaltest, diese
völlig irrationale Panik, als wäre die Welt plötzlich gefährli-
cher geworden, nur, weil du auf den Schalter gedrückt hast.
Als Kind ist so was ja noch okay, aber bei mir wurde es mit
zunehmendem Alter nicht schwächer, sondern schlimmer.

Immer detailliertere und blutrünstigere Attentate malte ich mir im Dunkeln aus. Am Anfang waren es noch Messer und Gewehre, später auch Äxte, Kettensägen und Würgeseile – was das anging, kannte meine Fantasie keine Grenzen. »Fio, Liebes, du bist doch sonst so vernünftig«, versuchte meine Mutter mich davon abzubringen, aber es half nicht.

Erst mit dem Besuch meines Patenonkels besserte sich die Sache. Als ich ihm widerstrebend gestand, warum ich mich nicht traute, Alma und Effie frische Karotten zu bringen. Mein Patenonkel arbeitete bei der Kripo, als Oberkommissar, und im Gegensatz zu meinen Eltern nahm er mich ernst. Kurzerhand schickte er meine Geschwister aus dem Zimmer, zückte seinen Notizblock, und fragte mich ganz ernsthaft, ob ich irgendwelche Feinde hätte, ob sich in letzter Zeit merkwürdige Typen in meiner Umgebung herumgetrieben hätten oder ob ich in irgendwelche kriminellen Machenschaften verwickelt sei. Sein Fazit: Nach umfassenden polizeilichen Ermittlungen bestand bei mir keine akute Ermordungsgefahr.

Das wirkte! Wann immer ich nun allein durch den Garten geistern musste, ich wusste genau, dass es absolut kein Motiv gab, mir etwas anzutun. Und, dass mir deswegen auch nichts passieren würde. Der Experte hatte geurteilt – der Fall war klar: Ich war kein Opfer.

Bis jetzt ...

Ich verstand es einfach nicht. Konnte nicht begreifen, wie das alles hatte passieren können, der Pistolentyp, das Fenster, diese ganze, furchtbare Situation. Hatte mein Onkel etwas übersehen? Gab es etwa doch einen Grund, weshalb jemand es auf mich abgesehen haben könnte?

Bang! Noch bevor ich überhaupt dazu kam, über den Sinn der Inschrift zu rätseln, knallte der Unbekannte ein prall zusammengeschnürtes Päckchen auf den Tisch. Lauter einzelne Briefumschläge, mindestens zehn Stück. Auf dem obersten prangte eine große, schwarze Eins.

Der erste Wunsch?

Ich wischte mir den Mund ab.

HERR FILLER

Es war absurd, einfach absurd. Da platzte dieser Wahnsinnige in meinen Unterricht, zerschoss die Einrichtung, bedrohte meine Schüler, und wozu das alles? Um mir einen Stapel Papierkram auszuhändigen! Einen stinknormalen Haufen Briefumschläge, womöglich aus dem Copyladen um die Ecke.

Genau zehn Stück waren es – schmal rechteckig, mit blauem Ökoengel in der Mitte.

»Was ... äh ... was soll ich denn damit?« Meine Finger hinterließen kleine Abdrücke auf dem Papier, Schweiß auf Weiß.

Wie eine stumme Armee blickten die Schüler zu mir nach vorn, bleiche Wangen, feuchte Schläfen, Augen so erschreckend ernst.

Sah ich richtig? War da wirklich noch Hoffnung in einigen Gesichtern? Ja, du meine Güte, wo nahmen die die denn bitte her?! Fabio, die Arme immer noch vor der Brust verschränkt. Tamara, die ergeben zu mir aufblinzelte, ein Schweinchen vor der Schlachtbank. Die kleine Greta, die mich über ihre Brille hinweg bittend anschaute. Sylvesters eindringlicher Blick: *Sie werden das schon richten, Mann, oder? Sie lassen uns doch nicht im Stich.*

Dieser verdammte, naive Haufen. Was erwarteten die bloß von mir? Ich war Lehrer, kein Mission-Impossible-Leiter!

Die Einzige, die wie immer gleichgültig durch ihre lila Haare hindurch aus dem Fenster guckte, war Jill. Dezent irre wirkte das auf mich, wie sie mit ihren schwarz umrandeten Augen in das Wolkengetümmel starrte.

Ach ja, und natürlich Mark. Regungslos hockte er auf seinem Stuhl und musterte den Schweiß auf meiner Stirn. Er hatte mich noch nie respektiert, Verachtung pur, schon ab der ersten Stunde. Mark Winter eben. Alles an ihm drückte aus, dass er bereits wusste, dass ich versagen würde.

Ich holte tief Luft und wandte mich auf meinem Drehstuhl um, weg von der Klasse, hin zum maskierten Mann mit Pistole.

Allein die bloße Bestätigung seiner Anwesenheit haute mich schier um.

Er war noch da. Hatte sich nicht in Luft aufgelöst, wie ich es insgeheim gehofft hatte. Dies hier war keine Fata Morgana, es war immer noch real – ein atmender Haufen Stoff, ein blank geputzter Pistolenlauf, Hände, die die Macht hatten, mich zu töten.

Bitte nicht. Bitte, bitte nicht – für die Schüler, für Valérie und ja! auch für mich selbst.

Ich will noch nicht sterben.

Ich kann noch nicht sterben.

Ich bin von Kopf bis Fuß noch nicht dazu bereit.

»Tja, also ...« Ich schob den Stapel von mir, wartete auf eine Erklärung, oder vielleicht auch auf einen Befehl. Irgendwas, um die Lage besser einschätzen zu können. Mich zu koordinieren. Geeignete Maßnahmen einzuleiten. Schließlich gab es doch für alles Lösungen, oder nicht?

MARK

Briefumschläge, haufenweise Briefumschläge. Waren die etwa für uns?

Nach dem, was er mit Fiona beinahe angestellt hatte, traute sich keiner mehr, eine Frage zu stellen. Ich auch nicht. Fiona und ich, wir waren beide gerade noch mal so davongekommen, ich hatte nicht vor, das zu verschenken – und ich hoffte inständig, dass sie es auch nicht tat.

Ihre hellgrüne Bluse klebte an ihrer Haut. Noch zerbrechlicher als sonst kamen mir ihre Schultern vor, man sah ihr an, dass sie Mühe hatte, aufrecht sitzen zu bleiben.

Fiona Nikolaus.

Seit der Sache am Fenster hatte sie sich nicht einmal zu mir umgedreht, trotzdem fühlte ich mich irgendwie mit ihr verbunden wie mit einem unsichtbaren Drahtseil. Zwei Menschen, zwei Beinahe-Tote, so was schweißt zusammen, selbst wenn die eine ein hyperbegabtes Genie ist und der andere ein Dummkopf mit zu großer Klappe.

Du bist so clever, versuchte ich ihr telepathisch mitzuteilen, *pass gefälligst auf dich auf.*

Der Kerl würde keinen weiteren Aufstand dulden, da war ich mir sicher. Die Fensteraktion hatte ihn bestimmt einige Nerven gekostet. Immerhin: Er war jetzt wütend, was hieß, er würde Fehler machen. Und selbst wenn nicht ... alles war besser als diese kalte Killerruhe.

Meine letzten Wünsche.

Vielleicht würden wir jetzt endlich erfahren, was er damit meinte. Warum er es auf uns abgesehen hatte. Und vor allem: Was er mit uns anstellen würde. Darauf war ich schon ziemlich neugierig, auch wenn mein Magen kurz davor war, den Rückwärtsgang einzulegen.

»Nicht aufmachen!« Heiß und nass hing die Hand der Kleinen in meiner Faust, ihre Wangen glühten. »Nicht aufmachen«, flüsterte sie, »das macht alles nur noch schlimmer, bestimmt!«

Ein einzelner Sonnenstrahl brach sich seinen Weg durch die Wolkendecke, tauchte den Schicksalsberg in gespenstisches Licht.

Alter, was für ein Morgen.

Es hatte etwas Feierliches, wie der Unbekannte die Hand ausstreckte und mit großer Geste auf die Umschläge zeigte. Als würde er eine Urkunde überreichen.

Oder ein Todesurteil.

Herr Filler rührte sich nicht, fast schien es, als würde er gleich einnicken. Innerhalb der letzten Minuten schien er um Jahre gealtert. Tattriger war er geworden, richtig mickrig.

Wenn das so weiterging, war bald keine Hinrichtung mehr nötig.

»Ähm Herr Filler?«, hob Greta mit dünner Stimme an. »Ich glaube, Sie machen das lieber auf. Bitte.«

Herrn Fillers Augenlider flatterten. Fragend schaute er in die Runde, blinzelte ins Sonnenlicht.

Wir nickten.

Als er endlich seine Antwort herausbekam, klang sie mehr wie ein Husten als ein Wort: »O ... Okay.« Er gab sich einen Ruck und nahm den obersten Umschlag vom Stapel, den mit der Eins. »Soll ich damit anfangen?«

Wieder nickte der Bewaffnete, etwas energischer diesmal.

Reißen.

Rascheln.

Ruhe.

Ich beugte mich vor, so weit, dass ich der Kleinen aus Versehen in den Rücken trat. »Tschuldige«, murmelte ich, achtete dabei aber nur auf den Brief, starrte wie hypnotisiert auf das Blatt, das Herr Filler nun in Händen hielt. *Lies endlich vor, lies endlich vor ...*

Alle hingen wir mit den Augen an dem Stück Papier, als Herr Filler sich hastig daranmachte, das Ding zu lesen.

»**Erster Wunsch.** Herr Filler«, er zögerte, fuhr dann etwas langsamer fort, »spucken Sie Greta ins Gesicht.«

FIONA

Ich merkte genau, wie Greta sich neben mir versteifte, als ihr Name fiel. *Greta, ausgerechnet!*

»Hoffentlich werde ich irgendwann auch mal so groß wie du«, hatte sie gesagt, nur wenige Tage zuvor. »Ich hab immer das Gefühl, ich muss mich auf die Zehenspitzen stellen, wenn ich mit jemandem reden will.«

Der *Jemand* war Herr Filler, klar. Aber das sagte ich nicht.

»Du bist genau richtig«, hatte ich stattdessen geantwortet. »Durch und durch, von Kopf bis Fuß.« Und meinte es auch so.

Greta war ganz einfach der richtigste Mensch, den ich kannte. Sie war einer dieser unglaublich seltenen Leute, die gar nicht für sich leben, sondern nur für andere. So vollkommen gut, dass es einem manchmal schon ein bisschen auf die Nerven gehen konnte.

Wenn ich mit ihr zusammen in der Schlange vorm Schulkiosk stand, und einer der Fünfer stellte sich hinter uns an, ließ sie ihn vor, egal, ob die Schokowaffeln, nach denen wir alle so süchtig waren, dann schon ausverkauft waren. Wenn jemand alleine in der Pausenhalle saß, zupfte sie mich am Ärmel und setzte sich dazu, egal wie picklig, oder dick oder uncool oder anders derjenige war. Und wenn jemand ein echtes, ein wirkliches Problem hatte, lief er damit zu ihr, nicht zu Herrn Filler.

Ich weiß noch, wie wir uns kennengelernt haben. Beim Klettern war das, einige Jahre bevor wir in derselben Klasse landeten. Sie war dreizehn und ich zwölf, und obwohl wir beide schon lange dabei waren, hatte ich bisher kein Wort mit ihr gewechselt. Ihr gegenüber habe ich das nie erwähnt, aber bis dahin hatte ich immer gedacht, sie wäre bestimmt drei Klassen unter mir, bei der Größe. Mit jemandem zu tun zu haben, der jünger *und* besser war als ich, das ertrug ich damals einfach nicht. Bei Älteren war es für mich okay, dass sie mich in den Schatten stellten, das hielt ich aus. Sonst hätte ich wohl kaum mit meiner Schwester unter einem Dach leben können.

Und dann dröhnte also plötzlich diese Schiffsglocke durch die Halle, von weit, weit oben. Greta winkte hinunter und der Trainer verkündete ganz stolz, sie sei die erste Fünftklässlerin, die die Kopfüber-Strecke gemeistert habe. Was war ich erleichtert, als ich erfuhr, dass sie ein Jahr älter war als ich! Auf einmal machte es mir nicht einmal mehr etwas aus, ihr zu gratulieren. Und nachdem wir ein paarmal zusammen beim Pizzabacken die Küche eingenebelt hatten, war ich sogar richtig stolz auf meine Kletterfreundin. Greta war ein Herz- und Handmensch, ich eher der Kopftyp, so war das eben. Sie zeigte mir die besten Kniffe, half mir bei allem, was Geschicklichkeit erfordert, denn was das angeht, bin ich wirklich eine Niete. Gemeinsam tapezierten wir endlich mein Zimmer neu, das heißt, sie bekleisterte die Wände und ich meine Klamotten. Cool sah das nachher aus, mit Tapeten, die aussahen wie eine lange, lange Bergkette, schneebedeckt und in der Sonne glitzernd. Dafür erklärte ich ihr später stundenlang wie man die binomischen Formeln an-

73

wendet, denn darin ist sie eine Niete. »Ich muss etwas anfassen können, um es zu verstehen«, sagte sie oft, und wie froh sie war, dass sie mich zum Erklären hatte.

Wir wurden ein unschlagbares Team, Greta und ich, aber das war nicht das Beste. Das Beste war, dass ich ihr vertrauen konnte. Immer.

Oder sagen wir, fast immer.

Greta, die Verräterin. Es tat weh, daran zu denken. Fühlte sich irgendwie sogar falsch an. *Sie hat ihre Gründe für das, was sie getan hat,* flüsterte es in mir, *Greta tut nie etwas ohne Grund.* Warum hatte der Unbekannte es bloß auf sie abgesehen?

Unter dem Tisch drückte ich ihre Hand. *Ein bisschen Spucke,* wollte ich ihr damit sagen, *das überlebst du.* Sie umklammerte meine Finger. »Das überlebst du«, flüsterte ich.

Herr Filler trat einen Schritt zurück. »Aber ich … ich bin Lehrer!« Als ob wir das nicht alle wüssten. »Ich kann das nicht! Ich kann das doch unmöglich!«

MARK

Er log.

Es gibt gewisse Dinge, die kann jeder. Essen, schlafen, trinken … Und spucken. Vielleicht trifft nicht jeder auf Anhieb den Laternenpfahl auf der anderen Straßenseite. Aber auf zwanzig Zentimeter einem Mädchen ins Gesicht spucken – das ist nun wirklich keine Kunst. Flüssigkeit sammeln, Luft holen, Lippen spitzen, Feuer frei. *Echt easy,* würde Sylvester sagen, *jeder Waschlappen kriegt das hin.*

Abgesehen davon glaubte ich ihm nicht. Nicht nur das mit dem Spucken, ich nahm ihm auch das Entsetzen darüber nicht ab. Der war nicht geschockt.

Zumindest nicht so sehr, wie es sich für einen Lehrer gehört hätte.

HERR FILLER

In keinem anderen Beruf schlägt dir täglich so viel Ablehnung entgegen wie als Lehrer. Die Schüler hassen dich. Sie wollen, dass du scheiterst, und sie freuen sich, wenn du krank bist. Nie werde ich den Freudentanz vergessen, den ein paar Fünftklässler im Treppenhaus aufführten, als ein Kollege mit Schädelbasisbruch ins Krankenhaus eingeliefert wurde: *»Sechs Wochen kein Schwimmen! Wenn wir Glück haben, sogar acht!«*

Zwar gibt es immer wieder irgendwelche realitätsfernen Pädagogen, die meinen, man müsse das mehr als Teamwork sehen, Schüler und Lehrer als Gemeinschaft, verbunden durch den Willen zur Wahrheit, halleluja! Aber so läuft das nicht, im Gegenteil, die Schüler wehren sich mit Händen und Füßen dagegen, besonders gegen Mathe. Sie *wollen* dumm bleiben.

Und deshalb ist jede Stunde ein Kampf. Nicht direkt gegen die Schüler selbst, aber gegen deren Trägheit, Faulheit, Desinteresse und hormonbedingte Ausfälle.

Mein alter Dozent für Geschichtswissenschaften hat mich immer wieder gewarnt: »Schule, das ist wie beim Militär, wenn sich die zwei Fronten gegenüberstehen. Jeder hasst den andern, keiner meint's persönlich, und am Ende sind doch alle tot.«

Sechs Jahre habe ich seitdem schon Erfahrungen gesammelt und ich muss sagen, das stimmt so nicht ganz. Denn in der Lehrer-Schüler-Schlacht gibt es einen entscheidenden Unterschied: Als Lehrer darfst du nicht zurückschlagen. So respektlos die Schüler zu dir sind, so wertschätzend und entgegenkommend musst du zu ihnen sein. Wenn ein Schüler einen schlechten Tag hat, lässt er das an dir aus. Wenn du dasselbe tust, wirst du gefeuert.

Es sei denn, du wurdest dazu gezwungen.

FIONA

»Greta, es tut mir furchtbar leid.« Herr Filler trat nun doch ein paar Schritte auf uns zu, eine Pistole kann ganz schön überzeugend sein.

»Tun Sie es ruhig«, krächzte Greta, »es ist ja nicht schlimm.« Dabei umklammerte sie ihre Brille wie einen Rettungsring.

Nein, schlimm war es nicht. Das *wirklich* Schlimme begriff ich erst ein paar Herzschläge später, nämlich, dass der Typ uns kannte. Mit Namen. Und zwar nicht nur Herrn Filler, sondern auch Greta, und wenn er Greta kannte, dann bestimmt auch mich und Tamara und Sylvester und überhaupt uns alle. Das hier war kein Ausgebrochener aus dem

Irrenhaus. Es war einer, der uns nahestand oder mal nahegestanden hatte.

»Es tut mir leid«, sagte Herr Filler wieder und rückte noch ein wenig näher heran, den Rücken unnatürlich durchgedrückt.

Er sah gut aus, keine Frage. Ein bisschen wie die Playmobilfiguren meines Bruders: glatt, straff, aufrecht, mit großen blauen Augen und Haaren wie ein blonder Helm.

Und trotzdem, ich würde mich niemals in einen zehn Jahre älteren Mathelehrer verlieben. Nicht, solange es Jungen wie Sylvester gab.

Ich hörte, wie Greta scharf die Luft einsog. Genau so musste sie es sich in ihren Tagträumen vorgestellt haben: Herr Filler, der gewichtig auf sie zuschritt, seinen Kopf ihrem näherte, ihr in die Augen sah, die Lippen spitzte und … Ein Traum, der ins Gegenteil verzerrt wurde. Ich starrte den Maskenmann an. Woher wusste er von Gretas Träumereien? Und wenn er es wusste, warum lag ihm so viel daran, ihr Traumbild zu zertrümmern?

»Sie wiederholen sich«, tönte es von Marks Platz am anderen Ende des Klassenzimmers, »wir wissen alle, dass es nicht Ihre Idee ist, Sie werden also nicht gefeuert, was soll das Theater.«

Fast hätte ich laut »Genau!«, gerufen, nur um mich nicht länger so hilflos zu fühlen. Aber irgendwas an dem Zucken um Gretas Mundwinkel sagte mir, dass dies nicht der geeignete Augenblick war, Mark zuzustimmen. Trotz allem.

Also drückte ich ihr bloß noch einmal kräftig die Hand,

77

während Herr Filler tief Luft holte und mit einem lauten Platschen den ersten Wunsch des Fremden erfüllte.

Greta blinzelte. Schaumig rann ihr der Speichel von der Wange. Einzelne Spucketröpfchen hatten sich in ihren Wimpern verfangen.

Langsam wischte sie mit dem Handrücken darüber. »Es geht schon«, murmelte sie, den Blick auf die Tischplatte gerichtet.

Ich kramte in meiner Jacke nach einem Taschentuch, aber Tamara vom Nachbartisch kam mir zuvor.

»Nimm dir so viele, wie du brauchst«, wisperte sie und warf ihr ein Päckchen zu. »Behalt es einfach.«

»Danke, das ist nett«, antwortete Greta.

So war sie eben. Durch nichts und niemanden ließen sich ihre tadellosen Manieren vertreiben, auch nicht durch Herrn Fillers Spucke.

MARk

Ich war wirklich froh, als die Sache endlich vorbei war. Dieses stundenlange Zögern und Bedauern, obwohl doch allen klar ist, dass ihm gar nichts anderes übrig bleibt und dass er sich sicherlich nicht erschießen lassen wird, nur der Hygiene wegen, das war doch einfach nur verlogen. Nach dem Motto: *Ich spiel jetzt mal den sensiblen Vertrauenslehrer, damit später auch jeder meine Unschuld bezeugen kann.*

»Nein, ich spucke meinen Schülern nicht ins Gesicht, auch

nicht, wenn Sie hier mit der Pistole herumfuchteln«, das hätte Stil gehabt. Aber dafür hätte es natürlich etwas mehr gebraucht als ein bisschen Schauspieltalent.

Wenn ihr mich fragt, ist es das, was Erwachsene am besten können: Lügen. *»Oh, Sie haben aber ein schönes Kleid an!«, »Nein, du hast überhaupt nicht zugenommen!«, »Wir sind eine glückliche Familie!«.*

Kinder können so was gar nicht. Die sagen, was sie denken, und werden dafür sogar noch bestraft. *Erziehung* nennt man so was. Glaubt mir, ich hab die Sache mitbekommen, bei vier jüngeren Geschwistern, und jedes Mal war es dasselbe. Am Anfang ist man noch naiv, denkt tatsächlich, dass es einem was bringt, die Wahrheit zu sagen. Glaubt, was die Eltern einem weismachen wollen. Dann kriegt man dafür eins auf die Mütze und schon ist man selbst ein gerissener Schuft. Mit anderen Worten: ein Erwachsener.

»Werd endlich erwachsen!« So oft wurde mir das an den Kopf geworfen, von den Kümmerfrauen, meinem Vater, irgendwelchen Lehrern ... Aber da können die lange drauf warten, dass ich ihrem Heuchlerclub beitrete. Ich weigere mich! Hier steht es schwarz auf weiß, damit du es weißt und der Rest der Welt auch: Ich verweigere. Stimme den Nutzungsbedingungen nicht zu. Schotte mich ab, kapiert?

Wenn ich eins von meinem Vater gelernt habe, dann, dass ich nie so werden möchte wie er.

Sorry, wenn ich euern »Erwartungshorizont« damit nicht erfülle.

Zutiefst verstört, nun aber schon etwas entspannter, trottete unser Sensibelchen also zurück zum Zettelhaufen. Verkroch sich wieder in den Tiefen seines Sakkos mit den Fake-Breitschultern. *Lügner von Kopf bis Fuß.*

Eingesteckt hatte der Maskierte die Pistole natürlich nicht. Bloß zeigte sie nun nicht mehr auf Herrn Filler, sondern auf die Briefumschläge – genauer, auf einen bestimmten Umschlag. Die große, schwarze Filzstift-Zwei erkannte ich selbst von meinem Sitzplatz aus.

Das Spielchen hatte gerade erst begonnen.

HERR FILLER

Beim Anblick der neun verschlossenen Umschläge, die noch darauf warteten, vorgelesen zu werden, wurde mir fast schlecht. *Das da eben war erst der Anfang,* schienen sie mir zuzuraunen, *es geht noch lange, lange weiter, so lange, bis auch der letzte Wunsch erfüllt ist.*

Keine zwei Meter von mir entfernt, wischte sich Greta den Speichel aus dem Gesicht. Meinen Speichel.

Ich hob den zweiten Umschlag auf. Konzentrierte mich ganz darauf, den feinen Papierfasern beim Reißen zuzusehen, nur um das Gefühl der Genugtuung aus meiner Erinnerung zu vertreiben. Was hatte dieser Irre aus mir gemacht?

Du hattest keine Wahl, redete ich mir ein, *für alle Beteiligten war es das Beste, dass du es getan hast. Jeder andere Lehrer hätte genauso gehandelt. Vertrauenslehrer hin oder her.*

Was Valérie dazu sagen würde, malte ich mir lieber nicht

aus. Ich sah meine Freundin förmlich vor mir, wie sie mit blitzenden Augen über mich urteilte, mir ihr geballtes Moralwissen aus dem Philosophiestudium entgegenschleuderte und klar ... klar hatte sie recht. Man bespuckte keine Schutzbefohlenen. Was ich getan hatte, war falsch.

Irgendwo.

Nur nicht hier.

Ich zog das nächste Blatt hervor – und war augenblicklich erleichtert. Mein Name kam nicht vor, dieser Wunsch hatte rein gar nichts mit mir zu tun.

Laut las ich vor: »**Zweiter Wunsch.** Tamara, tausch mit Jan die Klamotten.«

Jetzt, nachdem die beiden Schüler genannt worden waren, achtete auf einmal kaum einer noch auf mich. *Welch eine Entlastung.*

Sachte, um den Irren ja nicht nervös zu machen, rollte ich mit meinem Stuhl zur Seite in Richtung Fenster, wo die Luft von dem kurzen Durchzug ein wenig frischer war. Das Atmen hatte meine Lunge schon fast verlernt. Ich lehnte mich zurück und nahm einen großen Schluck Sauerstoff.

Vorläufig war ich aus dem Schneider.

FIONA

Mitleidiges Aufstöhnen machte sich breit, kaum, dass Herr Filler den Satz ganz vorgelesen hatte: *Oh nein. Nicht die beiden.*

Tamara und Jan waren nicht befreundet, aber eines hatten

sie gemeinsam: Beide waren sie nicht ganz dünn und beide litten sie darunter, besonders Tamara.

Das lag vielleicht auch daran, dass die körperliche Fitness in keiner anderen Klasse so ungleich verteilt war wie in unserer. Auf der einen Seite standen Sylvester, Luca und Fabio, die immer so aussahen, als kämen sie direkt aus der Muckibude (was hauptsächlich daran lag, dass sie auch fast immer direkt aus der Muckibude *kamen*). Fast alle diese Jungs trugen auf ihrem Profilfoto kein Oberteil, allen voran Sylvester und schlechter sahen sie dadurch nicht aus. *Allen voran Sylvester.* Dazu die straffe Ida-Sophie und Jill mit ihrer Traumfigur, die zwar obenrum was anhatten, aber auf ihren Fotos sehr danach ausschauten, als wären sie gerade dabei, es sich über den Kopf zu ziehen.

Na ja und auf der anderen Seite waren da eben Tamara und Jan. Nicht dick, aber ein bisschen moppelig, und im direkten Vergleich mit Sylvester oder Ida-Sophie geradezu hochgradig fettleibig. Tamaras Profilfoto zeigte nicht sie selbst, sondern eine Blume, eine Tulpe glaube ich, dabei war Ostern längst vorbei. Jans einen verwackelten Delfin, den er im Urlaub fotografiert hatte.

Ich finde so was okay. Ich finde es sogar gut, sich damit von der Masse abzugrenzen, und ich hab absolut nichts gegen Tulpen und Delfine!

Auf Vergrößern tippt man bei solchen Bildern natürlich trotzdem nicht unbedingt.

»Wie? Tauschen?« Instinktiv kreuzte Tamara die Hände vor der Brust. Ihr Mund war halb geöffnet wie bei einem

Goldfisch, der merkt, dass sein Aquarium gekippt wird. »Hier?!«

Seit Jill sich mehr für Jungs als für ihre mollige Freundin interessierte, saß Tamara neben Greta und mir. Allein an einem Zweiertisch. Greta tat sie leid, deshalb bemühte ich mich ebenfalls, zumindest ab und zu ein bisschen mit ihr zu plaudern. Nett war sie ja schon und ihre Figur war mir egal. Nur, dass sie zu nichts und niemandem eine eigene Meinung hatte, das nervte irgendwann wirklich. Sie lachte mit, ohne zu wissen worüber, stimmte zu, ehe sie genau wusste, worum es überhaupt ging.

Manchmal fragte ich mich, ob sie ihr ständiges *»Ja, stimmt«*, auch abgespult hätte, wenn ich behauptet hätte, Nazis seien voll toll oder die Sonne gar kein Stern, sondern die größte Zitrone des Universums.

MARK

»Ich behalt meine Sachen an.« Mit versteinerter Miene krallte sich Jan an seinem Stuhl fest. Ganz weiß wurden seine Finger dabei. »Das ist doch ... Richtig pervers ist das. Vor der ganzen Klasse.«

Ich glaube, das war das erste Mal, dass er gegen etwas war. Wobei, wissen kann man das ja nicht, vielleicht war es auch bloß das erste Mal, dass er es auch aussprach.

Jan und ich sind damals zusammen sitzen geblieben und eigentlich müsste uns das ja zusammenschweißen. Und klar, er war schon ganz in Ordnung. Nicht so ein Schönling wie

Sylvester und auch kein Streber wie Fiona, bei der man immer Angst hat, was Dummes zu sagen. Aber wenn man sich mit ihm unterhält, ist das, als würde man mit einem Papagei quatschen, der nichts anderes als *Find ich auch* gelernt hat. Besonders, wenn er bekifft ist.

»Ja, stimmt«, bekräftigte Tamara, »find ich auch.«

HERR FILLER

Vielleicht wäre alles ganz anders gekommen, wenn der erste Wunsch sich nicht an mich gerichtet hätte. Oder, wenn ich mich geweigert hätte, ihn zu erfüllen.

Sosehr die beiden sich auch bemühten, sich dem Wunsch des Bewaffneten zu widersetzen, im Grunde hatten sie bereits verloren und das wussten sie auch. Denn wenn Napoleon kapituliert hat – wer setzt sich dann noch ernsthaft zur Wehr?

Schade, dass ich kein Held bin, dachte ich beschämt, während Tamara sich ihre Bluse über den Kopf zog und Jan seinen Pullover. Während sich die beiden dem Befehl des Unbekannten fügten, genau wie zuvor ich.

Ein Held wäre ich gern gewesen, ein Held schon. Aber kein Märtyrer.

FIONA

Greta starrte wie hypnotisiert auf ihre Hände, aber ich konnte nicht anders, ich musste einfach hingucken.

Ich schaute zu, wie Tamara sich die Jeans aufknöpfte, ich schaute zu, wie Jan die Tätowierung auf seinem Rücken entblößte – ein Delfin, der über ein Herz springt, furchtbar kitschig –, und ich schaute auch nicht weg, als die beiden nur noch in Unterwäsche dastanden.

Bleich leuchteten ihre Rücken im Licht der Deckenlampen. Tamaras ganzer Körper bebte, ihre Hand zitterte, als sie sich die Unterhose zurechtzupfte – lila, mit einer Mickeymaus darauf, an den Rändern etwas zu klein.

Bis auf das Rascheln der Kleider war es peinlich still im Raum, nur Ida-Sophie entfuhr ein leises Kichern. Kaum hörbar eigentlich, aber ich hasste sie dafür.

Immerhin schaffte ich es jetzt endlich, mich von dem grotesken Anblick der beiden loszureißen.

MARK

Vielleicht wohnt in jedem von uns ein gut versteckter kleiner Sadist. Warum sonst lacht man, wenn ein Zeichentrickkater ein Klavier auf den Kopf bekommt? Oder, wenn ausgerechnet die dicksten beiden vor der ganzen Klasse einen Striptease hinlegen müssen.

Als hätten sie sich abgesprochen, gingen Tamara und Jan an den Tischen vorbei aufeinander zu. Begleitet von den Blicken einer ganzen Schulklasse, sogar die Kleine starrte fasziniert auf die beiden massigen Körper, die sich da aufeinander zubewegten. Tamara hielt ihr Kleiderbündel dicht gegen den Busen gepresst (ein beachtlicher Busen übrigens) – ich glaube, sie war kurz davor, laut loszuheulen. Jans Gesichtszüge waren vollkommen ausdruckslos, doch seine Hände ballten sich zu Fäusten.

In der Mitte angekommen, tauschten sie rasch die Klamotten und streiften sich die neuen Sachen über. Jan bekam Tamaras Bluse und Tamara Jans Baggy Pants.

»Glotzt doch nicht alle dahin, ihr Spanner«, knurrte Jill, und sprach damit aus, was jeder dachte, ohne sich daran zu halten.

FIONA

Schwer zu sagen, wer von den beiden komischer wirkte – Tamara in Jans ausgelatschter Riesenhose oder Jan in Tamaras gelb geblümter Bluse. Ida-Sophie war längst nicht mehr die Einzige, die sich ihr Kichern nicht verkneifen konnte. Selbst ich musste ein kleines Schmunzeln unterdrücken, trotz Mitleid, trotz Bedrohung. Einfach, weil es so erbärmlich lustig aussah.

Mila hätte bestimmt nicht gelacht, augenblicklich ließ das Zucken um meine Mundwinkel nach. Ich wurde wieder ernst, stockernst. Schaute an den beiden Schülern vorbei zu dem Bewaffneten. Was war mit ihm?

Unmöglich zu erraten, welche Regungen sich hinter seiner Maske abspielten. Genoss er die Vorstellung? Oder war er mit den Gedanken schon längst bei seinem nächsten Wunsch?

Der nächste Wunsch. Wenn ich daran dachte, wurde mir

ganz übel. Erst spucken. Dann ausziehen. Was kam als Nächstes?

Tamara saß jetzt wieder auf ihrem Stuhl, Schweiß und Männerdeo wehten zu mir herüber. Natürlich, Jans Pullover.

»Immerhin hast du's hinter dir«, raunte ich ihr zu. »Sei froh.«

Wer weiß, was noch kommt.

HERR FILLER

Viel zu schnell richtete sich die Aufmerksamkeit wieder auf mich. Fragende Blicke, auf die ich keine Antwort wusste. Verzweifelte Gesichter, die darauf warteten, dass ich eingriff. Dass ich mein altbekanntes »Schluss mit dem Gegacker, wir sind doch hier nicht im Hühnerstall!« brüllte.

Was ich aber nicht tat. Stattdessen blieb ich stumm und reglos sitzen und spürte, wie die Schweißflecken unter meinen Achseln zu Ozeanen wurden.

Der Unbekannte schob mir den nächsten Umschlag hin. Es war ein Fehler gewesen, sich ans Fenster zurückzuziehen, das wurde mir schlagartig bewusst, als ich versuchte, möglichst schnell zurückzurollen. So was funktioniert immer, nur nicht dann, wenn dir Schüler zugucken. Eine der Rollen klemmte, weswegen ich mich fünfmal vom Boden abstoßen musste, bis ich endlich das Pult erreicht hatte. Erbärmlich.

Ich las vor, noch ehe ich den Text überflogen hatte: »**Dritter Wunsch**. Svea, schneide Ida-Sophie alle Haare vom Kopf ab.«

FIONA

Diesmal verkniff ich mir mein Lachen nicht. Ich konnte nicht anders, es platzte förmlich aus mir heraus – ein erstoß, hysterisches Prusten. *Na, warte.* Ich biss mir auf die Wange.

Greta, Tamara und meinetwegen auch Jan, die hatten mir leidgetan. Da hatte ich mitgefühlt und mich für meine Untätigkeit geschämt. Aber bei Ida-Sophie ... Nee, echt. Wenn es eine verdient hatte, dann die!

MARK

Keinen hätte der Wunsch so hart treffen können wie Ida-Sophie, das Mädchen mit den tollsten Haaren der ganzen Stufe. Haare, die man anfassen will. Wie ein Wollknäuel aus ganz weicher Watte müssen die sich anfühlen, genauso flauschig, wie man sich früher Wolken vorgestellt hat.

So gut beurteilen konnte ich das allerdings nicht, denn Ida-Sophie ließ niemanden auch nur in die Nähe ihrer Mähne. Nur, wenn Sylvester sie spielerisch an einer Haarsträhne zog, dann kicherte sie und schlug seine Hand weg, als würde sie ein Kompliment abwehren.

Ich schaute zu ihr hinüber. Stockstarr hockte Ida-Sophie auf ihrem Stuhl, während ihre Oberarme langsam anfingen zu zittern. Sie riss den Mund auf und schrie: »Nein!«

Es war mehr als ein leiser Ausruf. Es war ein durchdringender Verzweiflungsschrei, der durch das ganze Zimmer gellte. »NEIN!« Mit beiden Händen vergrub sie ihre Finger in den braunen Locken, als wollte sie sich daran festhalten. »Bitte, bitte nicht, ich liebe meine Haare!« Ein Schluchzen schüttelte ihren ganzen Körper, sie presste die Fäuste um die Strähnen und ließ sich auf den Tisch sinken. »Ich mach alles, was du willst«, flehte sie. Von vorne hätte man sicher einen mehr als guten Blick in ihren Ausschnitt gehabt. »Du kannst alles haben, alles!« Gefasster klang ihre Stimme diesmal, fast sanft. Sie beugte sich noch ein wenig tiefer über den Tisch und drückte das Kreuz durch.

Ich konnte beobachten, wie sich Sylvesters Mundwinkel verkrampften. Was genau meinte die mit *alles* ...?

»Nur nicht meine Haare. Meine Haare, die *kann* ich einfach nicht abschneiden!«

»Du sollst sie ja auch gar nicht abschneiden«, entgegnete Fiona, »soviel ich weiß, ist das Sveas Aufgabe.«

Ida-Sophie hob den Kopf. Ihre Augen waren von schwarzen Seen umgeben. »Fick dich, Fiona«, fauchte sie.

Die Schere in Sveas Hand bemerkte sie erst, als die erste Strähne bereits zu Boden fiel.

HERR FILLER

Niemand konnte später sagen, wo Svea dieses winzige, rosa Ding so schnell herhatte. Tatsache ist: Sie schnitt, und zwar erbarmungslos.

Ich dachte, die beiden seien Freundinnen ...

Entsetzt starrte Ida-Sophie auf den Boden, dorthin, wo das

erste Haarhäufchen gelandet war. »Das machst du nicht«, stammelte sie, »du weißt, wie lang ich dafür gebraucht habe, das machst du nicht!«

In den zwei Jahren, die ich hier an der Schule war, hatte ich die beiden nie, aber auch wirklich nie alleine gesehen. Wo immer Ida-Sophie aufkreuzte, da war auch Svea oder Thea nicht weit. In Mathematik saßen sie nebeneinander, zu Karneval trugen sie das gleiche Kostüm, und selbst wenn sie während der Stunde aufs Klo verschwanden, dann immer zu zweit. *Die Prinzessin ist mit ihrer Kammerzofe unterwegs*, ging es mir manchmal durch den Kopf, wenn ich den beiden während der Pausenaufsicht begegnete. Ida-Sophie auf ihren hohen Schuhen, die mit Händen und Füßen plapperte und sich, während sie sprach, immer wieder die Locken aus der Stirn strich. Und daneben Svea mit ihrem aschblonden Haar, dem dünnen Lächeln. Nicht hässlich, das auf keinen Fall, aber unscheinbar. Vor allem neben jemandem wie Ida-Sophie.

Als Lehrer sucht man automatisch nach herausragenden Merkmalen, um sich die Namen merken zu können. Kein Wunder, dass ich Sveas ständig vergaß.

Mitten in der Bewegung hielt Svea inne. Sie war gerade dabei, ein besonders malerisches Ringellöckchen von Ida-Sophies linker Schläfe abzutrennen. »Es sind *Haare,* Ida, kapierst du, *Haare.* Wenn du das nicht begreifst, kann ich dir auch nicht helfen.«

Und damit machte sie sich wieder an die Arbeit. Mit der Nagelschere war das gar nicht so einfach.

FIONA

Vielleicht sollte ich kurz erklären, warum ich Ida-Sophie nicht ausstehen konnte. Nicht, dass du denkst, ich sei bloß ein fieses, schadenfrohes Miststück.

Das fiese, schadenfrohe Miststück, das war nämlich Ida-Sophie.

Sie hatte diesen Blick drauf – leicht hochgezogene Augenbraue und spöttisch geschürzter Schmollmund –, diesen Blick, den man nur aufsetzt, um andere fertigzumachen. *»Oh mein Gott, was hat der denn für 'ne peinliche Hose an?«, »Oh mein Gott, wie sieht die denn aus, gab's die Bluse nicht mehr in ihrer Größe?«, »Oh mein Gott, heult die?«, »OMG! OMG! OMG! Was ist der neue Mathelehrer scharf!«.*

Bis zur siebten Klasse war sie noch ein ganz normales Mädchen gewesen mit Zahnspange, Pony und Rollkragenpulli. Eine Zeit lang waren wir sogar befreundet, Ida und ich, aber dann fing sie plötzlich an, Miniröcke zu tragen und alles und jeden uncool zu finden, und von da an betete die Welt sie an wie eine Göttin.

Was mich nicht stören würde, wenn nicht auch Sylvester dazugehören würde. Sylvester, den hatte sie einfach nicht verdient!

Von allen Mädchen, die in Sylvester verknallt waren, da war ich mir sicher, hatte es mich am schlimmsten erwischt. Ich kann nicht einmal mehr sagen, wann es angefangen hat. Es muss wohl irgendwann in der Fünften gewesen sein, zumindest kann ich mich nicht an eine Zeit erinnern, in der mir Sylvester normal vorgekommen wäre. Ich träumte von ihm. Lachte über jeden noch so dämlichen Scherz. Stellte mir vor, wie ich ihm durchs Haar streichen würde, dieses unglaublich schwarze, weiche Haar ...

Ja, Sylvester war mein Traumprinz, auch wenn ich mir lieber die Zunge abgebissen hätte, als ihm davon zu erzählen. In der ganzen Zeit, die wir zusammen auf einer Schule waren, hatten wir vielleicht fünf Sätze miteinander gewechselt. Drei davon auf der Abschlussfahrt: »Hi«, »Hi«, und »Weißt du, wo hier die Toiletten sind?«.

Ida-Sophie war da schon aufdringlicher. Gleich am ersten Tag nach den Ferien hatte sie sich mit einem »Hey, was dagegen?« direkt vor ihm in die Reihe gepflanzt, ans Fenster, wo ihr Haar in der Sonne glänzte.

Dasselbe Haar, in dem Svea nun wie ein Berserker herumsäbelte. Mit der einen Hand packte sie ein Bündel Haare, mit der anderen umklammerte sie die Schere. Ritsch, Ratsch, Ritsch, Ratsch!

Es war keine einfache Aufgabe. Ida-Sophies Haare waren dicht, und die Schere stumpf, sodass sie ewig mit der Schneidekante darüberfahren musste, bis sie aufgaben und zu Boden segelten.

Der Unbekannte schaute zu.

Ida-Sophie weinte.

Svea schnitt.

So ging das eine ganze Weile. Wäre es ein Film gewesen, hätte man die Szene im Zeitraffer abgespielt.

MARK

Zuerst kam es mir wie eine Fotomontage vor, ein Fake. Ungläubig starrte ich zu Ida-Sophie hinüber. Svea war mittlerweile auf Höhe der Ohren angelangt, hatte *Zack!* die Locken darüber beseitigt und darunter ... ja, darunter kamen sie zum Vorschein, zum allerersten Mal. Idas Ohren.

Mir klappte die Kinnlade herunter. Wie ein entgeisterter Karpfen glotzte ich auf ihren Hinterkopf, starrte die riesigen, roten Henkel an: Unter Ida-Sophies Filmstarlocken verbargen sich die größten Segelohren aller Zeiten.

Zwar sagen immer alle, Aussehen spiele keine Rolle, aber in diesem Moment konnte man sehr gut sehen, dass das nicht stimmte. *Was zählt, ist nur der Charakter!* Dass ich nicht lache.

Es war, als wäre Marylin Monroe plötzlich die Perücke vom Schädel gerutscht. Aline gab ein überraschtes »Huch!« von sich, Fabio keuchte vor Verblüffung. Ungläubig stierte Sylvester in die Reihe vor sich, als könne er nicht fassen, dass diese zwei dicken Flatschen mit den blauen Adern drin wirklich zu Ida-Sophie gehörten.

Dann war die Schere endgültig im Eimer. Die beiden Hälften brachen einfach auseinander, das Schräubchen kullerte unter den Tisch. Eigentlich war es ein Wunder, dass das Ding überhaupt so lange durchgehalten hatte.

Svea richtete sich auf. Ihr Gesicht sah irgendwie anders aus als sonst, härter. Achtlos ließ sie die beiden übrigen Metallteile zu Boden fallen. »Hat mal jemand 'ne Schere? Die hier tut's nicht mehr.« Sie blickte hinüber zum Unbekannten.

Der nickte und ließ den Blick auffordernd über die Reihen schweifen.

Keiner von uns meldete sich. Mal ehrlich, wer aus der Oberstufe hat schon so etwas Langweiliges wie *Scheren* dabei? Zu sperrig, zu nutzlos, zu *Unterstufe*. Ein alter Kuli, ein Bleistift, ein Päckchen Zigaretten – fertig ist die Schulausrüstung. Sveas Nagelschere war eine absolute Ausnahme.

»Ich hab zwar keine Schere«, tönte es plötzlich vom Platz schräg vor mir, »aber ich hätte das hier.« Grinsend ließ Fabio ein Messer aufschnappen. Ein echtes, scharfes Messer.

Nicht nur Herr Filler schnappte nach Luft.

HERR FILLER

Ich konnte es nicht fassen. Gleich doppelt konnte ich es nicht fassen: zum einen, dass der Junge ein Messer mit sich führte – ein Messer, in meinem Unterricht! –, zum anderen, dass er das Ding tatsächlich dem Unbekannten hinhielt. Unsere einzige Waffe! Dem Unbekannten! Am liebsten wäre ich aufgesprungen und hätte ihn höchstpersönlich zum Direktor geschleppt, fünf Tage Nachsitzen, mindestens. War der noch recht bei Trost?

Wenn jemals noch eine geringe Chance bestanden hatte, den Amokläufer mit einem Überraschungsangriff unschädlich zu machen, dann hatte sie sich spätestens jetzt in Luft aufgelöst. *Glanzleistung, Fabio!*

FIONA

Dass Jungs sich manchmal wie Höhlenmenschen aufführen, hatte ich schon früher bemerkt. Bei den Fußballspielen meines kleinen Bruders, beim Rumgeschubse in der Pausenhalle, abends, wenn mir beim Hundespaziergang die Betrunkenen hinterherriefen …

Aber diese Messersache, die war wirklich unter aller Kanone. Saudumm und saugefährlich. Was um Himmels willen hatte Fabio sich dabei gedacht?

Für einen kurzen Moment schien der Maskierte erschrocken. Die Pistole in seiner Hand bebte, er ging ein wenig in die Knie, seine Schultern zuckten nach oben.

Dann fasste er sich.

Mit ausgestrecktem Pistolenarm schritt er nach hinten, geradewegs in Richtung Fabio.

Ohne den Finger vom Abzug zu nehmen, hielt er ihm die offene linke Hand hin. *»Her mit dem Messer«*, sollte das wohl heißen, *»wenn du nicht von Kugeln durchlöchert werden willst.«*

Gretas Brille brach fast durch, so sehr hielt sie das Ding umklammert.

Fabio tat so, als verstünde er nicht. Trotzig schaute er geradeaus, die Totenkopfkette um seinen Hals glänzte.

Dieser verdammte Blödmann, wenn er stirbt, hat er sich das absolut selbst zuzuschreiben! Ich unterdrückte ein Aufschluchzen und biss mir dabei mal wieder auf die Zunge, was ziemlich wehtat, aber das spürte ich erst später. *Nicht schießen,* flehte ich innerlich, *bitte, bitte, ich will nicht dabei sein, wenn wer stirbt.*

Fabios Grinsen erlosch. Wortlos hielt er dem Unbekannten die Waffe hin.

»Idiot«, zischte Sylvester. Womit er mal wieder recht hatte. Von allen Klotzköpfen unserer Stufe war Fabio mit Abstand der größte. Angeblich stand er schon dreimal vor dem Jugendstrafgericht, wegen Sachbeschädigung, Drogenmissbrauchs und weil er seinem Fußballtrainer die Nase gebrochen hatte.

Dass er ein Messer mit sich führte, war neu. Dass er sich kampflos ergab, ebenfalls.

Letzteres erwies sich allerdings als Irrtum.

MARK

Es passierte genau, als sich die behandschuhten Finger um die Klinge schlossen. Ohne zu zögern, holte Fabio aus und verpasste dem Unbekannten einen kräftigen Faustschlag in den Bauch. *Bamm!* Vom vielen Pumpen waren Fabios Arme durch und durch gorillamäßig, er riss das Messer an sich und sprang auf, bereit, es dem Unbekannten zwischen die Rippen zu rammen.

Für einen Augenblick sah es auch aus, als würde genau das gleich passieren: der Unbekannte tot, von einem tödlichen Rippenstoß niedergestreckt.

Wenn da nicht die Pistole gewesen wäre ...

PAFF! Der Schuss kam mir noch lauter vor als die davor.

Wahrscheinlich, weil es der erste war, der auf einen Menschen abgefeuert wurde. *PAFF! PAFF! PAFF!*

Fabio brüllte wie ein abgestochener Stier, das Klappmesser klatschte in eine Blutpfütze auf dem Boden.

Jetzt ist es passiert, dachte ich. *Jetzt bin ich endgültig in einem Horrorfilm gelandet.*

Ächzend umklammerte Fabio seine Finger. Von den Kugeln hatte nur eine getroffen, die aber dafür mitten in die Hand. Mitten *durch* die Hand.

Ich spähte hinunter zu der Kleinen. Sie hatte den Kopf zwischen den Knien vergraben, ihre Schultern zuckten auf und ab.

»He, sag mal«, flüsterte ich, »wie heißt du eigentlich?«

Keine Antwort.

»Leute, wir brauchen einen Schulsanitäter.« Sylvesters Stimme klang scharf, er war aufgestanden. »Ist hier irgendjemand bei den Sanis?«

Lasse hob zögernd den Arm. Klar, er war ja bei so ziemlich jeder freiwilligen Sache dabei gewesen, egal ob Müllsammeldienst oder Schulsanitäter. Hauptsächlich, weil seine Eltern das so wollten. Bei den letzten Ehrungen war er als *engagiertester Schüler des Jahrgangs* ausgezeichnet worden und seine Mutter hatte ihm zur Belohnung Lebkuchen für die ganze Stufe mitgegeben. »Um alle Mitschüler an seinem Erfolg teilhaben zu lassen«, hatte Lasse erklärt. *Ich geh dann mal brechen.*

»Geht's Alter?«, vorsichtig drehte sich Lasse zu ihm um. Dafür, dass die beiden zeitgleich mit dem Krafttraining angefangen hatten, wirkte er ziemlich schmächtig. »Zeig doch mal bitte her, dann kann ich ... Scheiße.« Entsetzt starrte er auf das Loch in Fabios Hand. Dicke, dunkelrote Rinnsale quollen zwischen dessen Fingern hervor. So viel Blut, dass es schon fast unlogisch aussah, wo zum Teufel sprudelte das bloß alles her?

Lasses Augen weiteten sich, ganz weiß war er um die Nase geworden. Er schaute zur Decke. »Leute, es tut mir leid, ich kann nicht ...« Er senkte den Blick und starrte erneut auf die Pfütze, die sich zu Fabios Füßen gebildet hatte. »Au Scheiße!«

Der Unbekannte stellte einen Fuß auf das Messer.

»Du bist Schulsani, Mann, sag jetzt nicht, dass du kein Blut sehen kannst!«, schnauzte Sylvester ihn an. »Los, mach was!«

Aber Lasse machte nichts. Hockte nur da wie ein verschrecktes Kaninchen und starrte geradeaus, während Fabio sich mit zusammengebissenen Zähnen ein Halstuch um die Hand wickelte, mindestens fünfmal. »Zuknoten«, presste er hervor und – glaubt es oder nicht – der Unbekannte trat tatsächlich vor und band die Enden zusammen, die Knarre in der Hand.

Dann hob er das Messer auf.

HERR FILLER

Ich spreche und verhalte mich höflich. Ich befolge die Anweisungen des Lehrers. Wenn ich etwas sagen möchte, melde ich mich. Konflikte löse ich nicht mit Gewalt ...

Noch gravierender als in dieser Situation hätte der Widerspruch zwischen Regel und Realität gar nicht sein können. Der Schuss, das Blut auf dem Linoleum, Fabios Schmerzenslaute. Wie hatte mir die Situation so sehr entgleiten können?

Fabio war ein Schüler, dem man auch als Lehrer besser aus dem Weg ging. Von der Sache mit dem Jugendstrafgericht hatte ich natürlich gehört, eine gebrochene Nase, so was spricht sich herum, auch im Lehrerzimmer. Eine besonders eifrige Pädagogiklehrerin schlug mehrfach vor, »unser Sorgenkind« zu einem Beratungsgespräch einzuladen, aber bisher war es mir immer gelungen, mich davor zu drücken.

Nachdenklich musterte ich ihn, wie er vornübergebeugt dasaß, die Lippen zu einem schmalen Strich zusammengepresst – vor Schmerz oder vor Wut. Fabio, den Jungen mit der Superheldenstatur, Fabio, der, ohne zu zögern, bereit gewesen war, dem Maskierten ein Messer in den Bauch zu rammen.

Der Unbekannte hatte ganz schön starke Nerven.

Die Schusswaffe in der einen, das Messer in der andern Hand, marschierte er zurück zu Sveas und Ida-Sophies Tisch. Bildete ich mir das nur ein, oder war auch er nicht mehr so sicher auf den Beinen?

Falls das Geschehen ihn erschüttert hatte, so hielt ihn das jedenfalls nicht davon ab, seinen Wunsch zu Ende zu führen. Er wischte die Klinge an der Hose ab, auf dem schwarzen Stoff waren die Schlieren kaum zu sehen. Mit ausgestrecktem Arm ging er auf Svea zu und hielt ihr das Messer hin.

Sveas Gesicht wirkte noch grauer als sonst, ihre Augen leer. Schon auf dem Pausenhof war mir dieser Ausdruck manchmal aufgefallen, wenn sie vor dem Fahrradkeller auf ihre Freundin wartete oder stumm daneben stand, während Ida-Sophie mir ein strahlendes »*Hallo, Herr Filler!*« entgegenwarf.

Als sie nicht gleich reagierte, machte der Unbekannte eine Kopfbewegung in Richtung ihrer Freundin.

Svea nickte.

Der Unbekannte entfernte sich rückwärts.

FIONA

Das Messer musste unglaublich scharf sein, denn jetzt ging die Prozedur deutlich schneller voran. Ab und zu schrie Ida-Sophie noch auf, wenn die feinen Härchen an ihrer Kopfhaut sich spannten, doch ihr Weinen hatte nachgelassen.

Das Ratschen und Reißen klang in der Stille umso lauter. Brutaler. *Ich hätte nicht lachen dürfen,* dachte ich.

Schließlich ließ Svea das Messer sinken. Unmöglich zu sagen, was in ihr vor sich ging. Sie wirkte erschöpft.

Von Ida-Sophies üppiger Lockenpracht waren bloß noch ein paar kümmerliche Stoppeln übrig geblieben. Sie sah furchtbar aus, als wäre sie gerade erst aus einem KZ geflüchtet oder so was. Mit zitternden Fingern betastete sie ihren Kopf. Anscheinend waren ihre Tränenreserven doch noch nicht ganz aufgebraucht, denn während sie mit den Fingerspitzen über die letzten Reste dessen fuhr, was einmal ihr ganzer Stolz gewesen war, schluchzte sie so verzweifelt auf, als hätte man ihr soeben ihre Hinrichtung mitgeteilt.

»So«, sagte Svea, »das wars. Fertig.«

Herr Filler nickte zustimmend, doch der Unbekannte schüttelte den Kopf. Er tippte gegen den aufgefalteten Zettel auf Herrn Fillers Schreibtisch. *Svea, schneide Ida-Sophie alle Haare vom Kopf ab.*

»Was wollen Sie denn noch«, jammerte Svea, »genau das hab ich doch getan! Mehr geht nicht!«

Der Unbekannte antwortete nicht, deutete bloß wieder auf das Stück Papier. *Svea, schneide Ida-Sophie alle Haare vom Kopf ab.*

»Alle Haare«, hauchte Aline, »Svea, er meint *alle* Haare. Auch die Augenbrauen.«

MARK

Den Aufstand hätte sie sich natürlich sparen können. Sorry, aber eine geladene Pistole ist nun einmal überzeugender als das Gewimmer eines am Boden zerstörten Möchtegernmodels.

Mit ihren sorgfältig gezupften Augenbrauen wurde kurzer Prozess gemacht. Erst die linke, dann die rechte fielen sie Fabios Messer zum Opfer, bis auch hier nichts als ein paar Stoppeln übrig geblieben waren.

Armer Dumbo.

Das Messer. Fabios goldenes Klappmesser, mit dem er so oft angegeben hatte, seit er es von seinem Vater zum Geburtstag bekommen hatte. Es lag jetzt inmitten kastanienbrauner

Haarlocken auf Sveas und Ida-Sophies Tisch. Svea hatte es dorthin fallen lassen, sobald die Augenbrauenrasur beendet war.

Von seinem Platz vor der Tafel aus zielte der Unbekannte noch immer genau auf ihre flache Brust. Ihr das Messer zu überlassen hatte ihn bestimmt einige Nerven gekostet, nicht einen Augenblick ließ er Svea aus den Augen.

Und das war sein Fehler.

Denn so bemerkte er zu spät, wie Ida-Sophie sich über den Tisch reckte, mit bebenden Fingern das Messer ergriff und ausholte. Alles Weiche, Mädchenhafte war von ihr abgefallen.

»Nicht!«, warnte Sylvester noch, dann passierte alles gleichzeitig:

Ida-Sophie schleuderte das Messer.

Der Unbekannte schoss.

Svea sprang.

Ida-Sophie fiel.

Beide landeten polternd auf dem Boden, Ida unten, Svea oben, während über ihnen in der gegenüberliegenden Wand zwei Kugeln einschlugen. *Paff! Paff!* Keuchend blieben sie aufeinanderliegen und starrten dem Messer hinterher.

Wie in Zeitlupe sah ich das goldene Ding über Fionas Kopf hinweg durch den Klassenraum sausen ... bis es schließlich mit einem hässlichen Geräusch gegen die Tafel krachte, nur wenige Zentimeter von dem Kerl entfernt.

Nicht getroffen.

Schon hatte der Unbekannte die Klinge aufgehoben, triumphierend schwenkte er sie über dem Kopf.

102

Dann besann er sich, nahm das Klappmesser und ließ es an seinem Oberschenkel zuschnappen. Es klickte metallisch.

Im selben Moment, als Svea und Ida-Sophie sich aufrappelten und zurück auf ihre Stühle krochen, verbarg er die Waffe tief in seinem schwarzen Beutel.

Das war das letzte Mal, dass ich etwas von Fabios Messer sah.

HERR FILLER

Sie machte mir Angst, wirklich Angst, diese kahl geschorene Frau mit dem kalten Blick. Fast ebenso viel wie der Unbekannte selbst.

Als Lehrer bildet man sich oft ein, man würde die Schüler kennen. Das gehört zum Job. An den Elternsprechtagen zum Beispiel, da redet man einen ganzen Tag lang ausschließlich über die Stärken und Schwächen seiner Schützlinge, so lange, bis man fast selbst daran glaubt. Einmal ist es mir sogar passiert, dass ich über einen Schüler sprechen musste, den ich nie im Unterricht hatte, durch eine Verwechslung in den Listen. Ich schwafelte irgendwas von mittelmäßiger Beteiligung und zufriedenstellender Sorgfalt und die Mutter nahm es mir trotzdem ab.

Jetzt, als ich Ida-Sophie und Svea zusah, wie sie sich teilnahmslos zurück auf ihre Stühle setzten, wurde mir klar, wie wenig ich wirklich davon wusste, was in diesen Köpfen vorging. So gut wie nichts.

103

Der Unbekannte schob mir den nächsten Umschlag hin und diesmal war ich nicht erleichtert, mich aufs Vorlesen konzentrieren zu können. Alles in mir sträubte sich dagegen, diesem Kerl zu dienen, mich zu seinem Werkzeug machen zu lassen.

Vom Lehrer zum Folterinstrument, so weit war es anscheinend gekommen.

Ich nahm den Umschlag in die Hand. Sie kam mir grausam vor, die große Vier, die der Unbekannte dort draufgekritzelt hatte. Als wären wir nichts als Zahlen, mit denen er nach Belieben herumexperimentieren konnte. Kürzen, trennen, subtrahieren ... Zahlen waren schließlich kein Verlust.

Ich öffnete den Umschlag, ignorierte das Ameisenheer in meinem Magen und las vor. »**Vierter Wunsch**. Lasse ... leer deine Taschen aus.«

FIONA

Bei der Nennung seines Namens fuhr Lasse auf. Bei der Nennung seiner Aufgabe sackte er wieder zusammen.

Lasse, leer deine Taschen aus. War das denn so schlimm?

Offenbar schon, denn Lasse wurde puterrot und hob den Zeigefinger. »Niemand hier hat ein Recht darauf, meinen Tascheninhalt zu sehen«, behauptete er schrill, »das ist Privatsache, das geht keinen was an!« Sein blondes Haar war wie immer akkurat zurechtgegelt. Er sah aus wie eine magere Version von Herrn Filler, nur die Bartschatten fehlten.

»Komm schon, Alter, mach einfach, was er sagt«, brummte Mark.

»Klappe«, fuhr Lasse ihn an.

Dann leerte er seine Taschen aus.

MARK

Ich weiß, es klingt verdammt seltsam, aber irgendwie schaffte der Unbekannte es immer wieder, dass ich ihn ganz einfach vergaß. Die Bedrohung blieb, natürlich blieb sie, genauso wie die Angst, aber dazwischen waren auch Momente, ganz ohne den Pistolentypen. Augenblicke, wie der, als Fiona sich nach der Fensteraktion zurück auf ihren Platz setzte, oder, als Svea anfing, Ida-Sophies herrliche Mähne zu zersäbeln – oder der, als Lasse seine Taschen ausleerte.

Raus damit, Blondie.

FIONA

Zuerst waren die Hosentaschen dran. Davon hatte Lasse vier, zwei vorne, zwei hinten und alle riesengroß und ausgebeult.

Mit einem Ausdruck, als sollten ihm gleich alle Weisheitszähne zugleich gezogen werden, griff er sich in die erste Tasche. Vorne links. Er langte hinein und stülpte das Innenfutter um. Leer.

»Leer«, verkündete er überflüssigerweise, als würde nicht die ganze Klasse jede seiner Bewegungen genau verfolgen. Er zog eine Grimasse und fuhr mit der Hand in die andere Hosentasche.

Auf den ersten Blick sah es so aus, als wäre die rechte Vordertasche ebenfalls leer. Außer ein paar Krümeln, war darin nichts zu sehen, obwohl Lasse das Innenfutter komplett nach außen stülpte.

Den winzigen Gegenstand in seiner Hand bemerkte ich erst, als Fabio plötzlich sein Gestöhne unterbrach, aufschrie: »Was hast du da?«, und ihm das Ding aus der Hand schlug. Ein buntes, viereckiges Plättchen purzelte auf die Tischplatte.

»Die SIM-Karte von meinem Tablet«, sagte er tonlos. »Ich glaub's nicht.«

»Sorry ... ich ...«, stotterte Lasse und hielt sich den Arm, »ich dachte ...«

Aber Fabio fiel ihm ins Wort. »Klar«, knurrte er. »Du dachtest, das wäre deine. Kann ja auch mal passieren, dass man die aus Versehen ausbaut und selbst benutzt. DU MIESER DIEB!«

HERR FILLER

Vor drei Monaten begannen an unserer Schule die ersten Diebstahlprobleme. Irgendjemand war so dreist, während des Sportunterrichts Geld aus den Umkleiden zu stehlen. Mal fehlten fünf Euro, mal zehn, mal fünfzig ...

Der Dieb stellte sich dabei extrem geschickt an, ging kein Risiko ein und machte trotzdem fette Beute, Woche für Woche. Obwohl ich sie gehörig in die Mangel nahm, konnte mir nicht ein einziger Schüler weiterhelfen. Fast sah es so aus, als würde das ewig so weitergehen.

Aline war es, die schließlich den entscheidenden Hinweis

lieferte. Sie habe ihr Handy in einer fremden Schultasche entdeckt, erzählte sie, in ihrer typischen aufgeregten Art: *»Es lag einfach da drin, ich schwöre, da lag es einfach drin, dafür leg ich die Hand ins Feuer!«*

Ich ging der Sache nach, und schon nach dem zweiten Beratungsgespräch stand der Täter fest.

Bei so was bin ich knallhart.

MARK

Es war Lasses Glück, dass Fabio sich kaum auf dem Stuhl halten konnte, denn sonst wäre jetzt wohl seine Nase gebrochen gewesen. Herr Filler hätte sich bestimmt nicht dazwischengeworfen!

Fabio sah so schwach und elend aus, wie man als fast zwei Meter großer Muskelprotz nur aussehen kann. Mit einem Gesicht, das Frankenstein Konkurrenz machte, trat er Lasse gegen den Stuhl. »Wenn wir das hier überleben, bist du so was von tot«, prophezeite er.

Eine Sekunde lang schien Lasse zu zögern, dann holte er auch noch ein schwarzes Portemonnaie mit leuchtendem lila Peace-Zeichen aus einer der Seitentaschen.

Definitiv nicht sein eigenes.

Jill sprang auf. »WANN HAST DU DAS GEKLAUT?«

Alle starrten sie an.

Mindestens ihr halbes Leben verbrachte Jill mit Stöpseln in den Ohren hinter einem dunkellila gefärbten Haarvor-

107

hang. Dass sie *schreien* konnte, hätte keiner für möglich gehalten.

»Verdammte Scheiße, wann?«

Doch genau das tat sie, und zwar richtig: »Drei Monate habe ich das Ding gesucht! Drei Monate! Du krankes Arschloch!« Ohne den Pistolentypen zu beachten, stürzte sie zu Lasses Sitzplatz und schnappte sich ihr Portemonnaie. »Du bist noch viel asozialer, als ich gedacht habe.« Sie drehte sich um und ließ sich auf ihren Stuhl fallen. Vorhang zu.

»Hübsches Foto«, entgegnete Lasse. Ein irres Grinsen hatte sich auf sein Gesicht geschlichen, hämisch lächelte er zu ihr hinüber. »Bisschen mickrige Glocken für meinen Geschmack, aber sonst …«

Wie von der Tarantel gestochen fuhr Jill auf. Die lila Haare schwappten zu beiden Seiten aus ihrem Gesicht. (Ein unglaubliches Gesicht übrigens. Riesige Augen, mit viel Schwarz umrandet, dazu diese Wangenknochen und das Nasenpiercing – Jill ging locker als Zombie durch, aber die sexy Variante.)

»Du Schwein!«, fauchte sie. »Wie kannst du es wagen, in meinen Sachen zu wühlen.« Hektisch kramte sie in den Fächern des Portemonnaies. Nach einigem Gefluche brachte sie ein zerknicktes Foto zum Vorschein. Sie atmete tief durch und zerknüllte es in der Faust, bevor irgendjemand einen Blick darauf erhaschen konnte.

Dann verschwand sie hinter einer lila Wand.

FIONA

Es dauerte ein wenig, bis wir uns von Jills Ausbruch erholt hatten.

Schreien und Jill, das war wie *Mark* und *Mathe*. Jemand wie Jill wurde nicht wütend. Jemand wie sie machte höchstens andere wütend, mit ihren bissigen Kommentaren der Marke *»Was seid ihr alle krank«*.

Jill war ständig genervt, aber niemals außer sich.

Während ich noch über ihre plötzlichen Emotionen staunte, fing Sylvester bereits an zu kombinieren: »Neulich, beim Training«, sein blauer Blick schien Lasses Hinterkopf zu durchbohren, »das warst auch du, oder?«

»Meine Baskets!« Diesmal war es Luca, der aufschrie. »Ich glaub's nicht, hast du die neulich mit nach Hause genommen?« Aline sah aus, als würde sie Lasse gleich an die Kehle springen. »Du hast meinem Freund seine Sachen weggeschnappt!?«

Lasse schwieg. Während er sich sonst ständig zu Sylvester und seinen Kumpels umdrehte, um mitzulachen oder ein zustimmendes »Isso!« einzuwerfen, blickte er nun eisern nach vorne.

Erst dachte ich, er schaue zu Herrn Filler, um Schutz zu suchen, aber das tat er nicht. Er starrte schräg an ihm vorbei hinauf zum Unbekannten.

Eine seltsame Mischung aus Wut und Unbehagen hing in Lasses Stimme, als er schließlich das aussprach, was auch mich beschäftigte: »Woher ..., weißt du das?«

109

MARK

Ja, woher wusste der Unbekannte das. Diese Frage spukte wohl jedem von uns im Kopf herum. Kam er aus unserer Stufe? War er womöglich einer von uns?

Wie ein böser Geist kam er mir auf einmal vor, einer, der jeden von uns genau kannte und nun Vergeltung übte für alles, was wir jemals falsch gemacht hatten.

Fast so, als wäre unter der Maske überhaupt kein Gesicht ...

Ich ging die Tische durch. Sylvester und Fabio, Aline und Luca, Lasse und Jan, David und Jill, Fiona und Greta, Tamara an ihrem Einzeltisch. Und ganz hinten: Ich. Niemand fehlte.

Wer auch immer der Unbekannte war, aus unsrer Klasse kam er nicht.

Aber wenn er nicht aus unsrer Klasse kam – wer war er dann?

Mit einem *Rumms!* ließ der Unbekannte den Pistolenlauf auf Herrn Fillers Schreibtisch krachen.

Vorsichtig, als würde er eine Bombe entschärfen, öffnete Herr Filler den nächsten Umschlag, den obersten, den mit der Fünf. Es knisterte kaum, als er den Papierbogen hervorzog und mit zusammengekniffenen Augen anfing zu lesen. Wieder und wieder, immer dieselbe Zeile.

HERR FILLER

Mein erster Gedanke war: *»Das ist ein Scherz. Der nimmt uns auf den Arm.«*

Fragend drehte ich mich zu ihm um. Unmöglich konnte er diese Aufforderung ernst meinen!

»Sind Sie sicher ...«, setzte ich an, doch der Unbekannte versetzte mir nur einen kräftigen Stoß in den Rücken und zeigte auf den Zettel.

Ich zuckte mit den Schultern. Gehorsam las ich vor: »**Fünfter Wunsch**. David, gib Jill deinen BigMac zu essen.«

FIONA

Was für ein strohdummer Wunsch!

Vor Erleichterung hätte ich beinah gelacht. Alle Haare abschneiden. Der Schuss. Dagegen war »einen BigMac essen«, doch richtig harmlos. Allenfalls ein bisschen peinlich, wenn man sich dabei bekleckerte. Doch Jill war ohnehin nicht der Typ, dem ständig Ketchup von den Lippen tropfte.

Genau genommen hatte ich sie noch nie welchen essen sehen.

MARK

Ein Gespräch mit Jill sah ungefähr so aus:

Ich: Hi, Jill!
Jill: *(nimmt einen Stöpsel aus dem Ohr)* Was?
Ich: Schon Mathe gemacht?
Jill: Wenn du was zu sagen hast, dann sag's. Wenn nicht, verzieh dich.

Ich: Ähm ... also ...

Jill: *(steckt Stöpsel wieder rein)* Verzieh dich.

Herr Filler würde wohl sagen: *»Es war schwierig, einen Zugang zu ihr zu finden.«* Jill war so verschlossen wie eine Dose Ölsardinen und fast genauso freundlich.

Aber ihre Stimme, die war der Hammer.

HERR FILLER

Es war schwierig, einen Zugang zu Jill zu finden. Sie war so unnahbar, als wäre sie um Jahre älter als ihre Stufenkameraden. Ihre mündliche Beteiligung ließ extrem zu wünschen übrig, aber solange sie diese exzellenten Klausuren schrieb, sah ich keinen Grund, ihr Probleme zu machen.

Faulpelzen wie Mark – ja. Wer Ärger suchte, konnte ihn durchaus bekommen!

Nur nicht dieses übernächtigte Mädchen mit der grimmigen Coolness und den schmalen Handgelenken.

Die wollte doch ohnehin nur in Ruhe gelassen werden.

FIONA

Mein Blick wanderte nach hinten zu David und Jill. Vor allem zu Jill.

Ich war gespannt, wie sie reagieren würde. Welchen Kommentar sie diesmal vom Stapel lassen würde. *»Was? Nur einen?«*, vielleicht, oder *»Willst du auch ein Stück, Mann?«*, das wäre ziemlich cool gewesen. Vielleicht auch bloß ihr Übliches: »*Wie krank ist das denn.*«

Doch sie sagte nichts dergleichen.

Habe ich schon erzählt, dass sie singen kann? Es ist dann jedes Mal, als hätte sie sich verwandelt, nicht unbedingt in einen Engel, aber doch mindestens in eine Nachtigall. Jills Stimme ist eine Offenbarung, denk einfach an die dreckigste, dunkelste und herzzerreißendste Stimme der Welt und du hast die von Jill im Ohr. Ich werde nie vergessen, wie ich sie das erste Mal habe singen hören, auf einem U-Bahnhof war das, mit drei Typen aus der Schulband, Gitarre, Bass und Schlagzeug.

Für mich war Amy Winehouse nie gestorben. Sie ging in meine Klasse.

Insgeheim hatte ich sie immer bewundert, das fiel mir jetzt auf, an der Art, wie ich nach ihrer Antwort lechzte. Ihre Unabhängigkeit, ihre Direktheit, ihre Weigerung, anderen gefallen zu wollen, ihren Mut. Jill war so, wie ich gern sein wollte.

Sie war das genaue Gegenteil von mir.

MARK

Wäre da nicht noch Fabios Gestöhne gewesen, man hätte ein Staubkorn zu Boden fallen hören. Alle warteten wir auf Jills todesmutige Antwort, sogar der Pistolentyp schien für einen Moment seine Knarre vergessen zu haben.

Der Einzige, der nicht an ihren lila Lippen hing, war ihr

Sitznachbar, David, der unter dem Tisch in seiner Schultasche herumkramte. *Ach ja, der BigMac.*

Jills Augen waren hinter dem Vorhang aus lila Fransen kaum zu erkennen. Ihre dunkel geschminkten Lippen waren eine einzige zusammengekniffene Linie, wie eine Narbe.

»Bitte sehr.« David ließ eine zerknitterte Papiertüte auf den Tisch fallen. Sie war braun und an manchen Stellen dunkelbraun, wo das Fett durch die Papierfasern gesickert war. Er griff hinein und zog eine weitere Pappschachtel hervor. Bunt diesmal, mit roten und gelben Streifen. Ganz heile schien die Schachtel nicht mehr zu sein, denn der BigMac lugte bereits halb daraus hervor und tropfte auf das Packpapier.

Ein überwältigender Geruch von Ketchup, Weißbrot und gebratenem Fleisch zog durch das Klassenzimmer. Ein Geruch, der wohl irgendeinen chemischen Mechanismus auslöste, denn urplötzlich schaltete sich mein Hirn aus, und mein Bauch übernahm das Kommando. Und der konnte nur eines sagen: »*Hunger.*«

Wie lange war es eigentlich her, dass der Alarm losgegangen war? Hatten wir die Mittagspause schon verpasst?

Mein Kopf behauptete: »*Nein.*«

Mein Magen war anderer Meinung.

Hähnchenkeulen hätte es heute gegeben, Hähnchenkeulen mit Pommes, brauner Soße und Salat und zum Nachtisch diesen schwarz-weiß gestreiften Vanille-Schoko-Pudding mit den dunklen Stückchen ...

Ja, ich weiß, es war eine dumme Vorstellung, aber nach all der Todesangst tat es echt verdammt gut, einen Augenblick

114

mal nicht mehr ständig ans Abkratzen zu denken. Sondern ans Essen.

Am liebsten hätte ich mit Jill getauscht, die jetzt vor diesem dreistöckigen Fettgebirge saß und sich wohl kaum entscheiden konnte, wo sie zuerst abbeißen sollte. Ihr auch noch dabei zuzusehen war die reinste Folter.

Die Sekunden verstrichen, und Jill saß noch immer bloß da, nagte an ihrer Unterlippe und schaute mit großen Augen auf ihr Mittagsmahl.

Ungeduldig stieß David sie an. »Komm schon, hau rein!«

Es dauerte lange, unerträglich lange, bis Jill endlich antwortete. Und ihre Stimme klang dabei nicht mehr nach der Jill, die ich täglich kaugummikauend bei uns in der Raucherecke stehen sah. Stattdessen dünn, heiser und so kraftlos wie die einer uralten Frau.

»Ich kann nicht«, sagte Jill.

FIONA

Sie sagte nicht »*Ich will nicht*«. Sie sagte auch nicht: »*Ich hab jetzt keinen Bock*«, nein, Jill *konnte* nicht!

Diese drei Worte, dieses bodenlos resignierte »*Ich kann nicht*«, hatten es geschafft, mein Weltbild vollkommen aus den Angeln zu heben.

Klar kannst du!, hätte ich ihr am liebsten zugerufen. *Du bist Jill, du bist die Definition von Stärke, die Power in Person, was ist mit dir los?*

»Jill, was ist los?« Besorgt schaute David ihr ins Gesicht.

Immerhin war ich nicht die Einzige, die sich fragte, was da gerade Seltsames ablief.

Jill drehte den Kopf weg, verkroch sich hinter ihren Haaren. Verkroch! Jill *verkroch* sich hinter ihren Haaren!

»Ich kann nicht«, wiederholte sie, etwas energischer diesmal und genauso verzweifelt, als wüsste sie bereits, dass ihr keine Wahl bleiben würde.

Kurz darauf schluchzte sie so sehr, dass an Sprechen gar nicht mehr zu denken war.

MARK

Jill war nicht die Erste, die an diesem Tag in Tränen ausbrach – und auch nicht die Letzte –, aber wenn ich an die Stunden mit dem Amokläufer zurückdenke, dann habe ich sofort Jills Weinkrampf im Ohr.

Ihre sonst so dicke Mauer aus Stolz und Schroffheit brach förmlich in sich zusammen, wie ein Staudamm in einem dieser Weltuntergangs-Blockbuster, mit ganz vielen Special Effects. Jills Weinen war kein Weinen. Es war eine Naturgewalt, die sich wahrscheinlich schon Monate, vielleicht Jahre vorher aufgestaut hatte.

HERR FILLER

Über mindestens fünf Minuten zog sich der Gefühlsausbruch hin. Jill weinte und tobte und schluchzte, bis ihre sonore Altstimme sich in ein piepsiges Etwas verwandelt hatte.

Der BigMac lag derweil unberührt vor ihr auf dem Tisch.

Warum bloß machten sich Jugendliche grundsätzlich alles so schwer? War das hormonbedingt, dieser Hang zum Unglücklichsein?

Ich verspürte den starken Drang, ihr väterlich eine Hand auf die Schulter zu legen. *Lass gut sein, Mädchen, du ruinierst dir noch die Stimmbänder. Lass gut sein und iss.*

Vermutlich ahnte ich es zu dem Zeitpunkt schon.

FIONA

Als Jill schließlich verstummte, brauchte ich erst einmal ein paar Sekunden, bis ich mich an die Ruhe gewöhnt hatte.

Jill hatte also aufgehört. Sie hatte sich in ihr Schicksal gefügt. In ihr BigMac-Ess-Schicksal, wie lächerlich das klang. Mit Totengräbermiene nahm sie den BigMac in ihre schmalen Hände und hob ihn an. Ein Salatblatt segelte zu Boden und landete in einer Fettpfütze. Jills Unterlippe zitterte.

Ich fragte mich, ob sie in diesem Zustand überhaupt den Mund weit genug aufreißen konnte, um abzubeißen.

Sie konnte – Happen für Happen stopfte sie das Ungetüm in sich hinein. Fast ohne zu kauen und mit zitternden Fingern. Mit dem Weinen hatte sie nun endgültig aufgehört, doch sie keuchte so sehr, als handele es sich beim Verzehr des BigMacs um eine sportliche Höchstleistung.

Ich stupste Greta an, die mit offenem Mund zusah. »Verstehst du das?«

Die Furche, die ich so gut kannte, erschien wieder auf ihrer Stirn. Dann setzte sie ihre Brille ab, beugte sich vor und raunte mir etwas ins Ohr. Ein Wort nur, aber es erklärte einiges.

Warum Jill manchmal wochenlang nicht in die Schule kam. Warum sie niemanden an sich heranließ. Warum sie sich in der Mensa nie an unseren Stufentisch setzte. Warum sie sich stattdessen zu den Rauchern stellte, obwohl sie nie eine Zigarette in der Hand hielt.

Es war ein hässliches Wort. Eines, das sich anhört, als hätte man eine Fischgräte verschluckt und als wäre diese Fischgräte das Einzige, was man in letzter Zeit zu sich genommen hat.

»Anorexie«, wisperte Greta.

MARK

Mit Mädchen kannte ich mich noch nie besonders gut aus. Im Allgemeinen waren sie kompliziert und voller Widersprüche.

Was ich an Jill schätzte, war ihre Eindeutigkeit. »*Verpiss dich, krankes Arschloch*«, da ist doch wenig Raum für Missverständnisse, oder?

Tja, offenbar schon. Offenbar war sie doch nicht so eindeutig, wie ich immer gedacht hatte.

Aber der Reihe nach. Zuerst dachte ich nur: *Okay, sie mag also keine BigMacs.* Das war ja an sich noch nichts Verwerfliches, vielleicht war sie ja Vegetarierin, so was finde ich gut, ich wär ja selbst gern einer, wenn ich nicht so wahnsinnig gerne Steak essen würde. Dann diese Heulattacke und ich dachte mir: *Wow, vielleicht sogar Veganerin,* das hätte auch erklärt, warum sie sich in der Mensa nie zu den Mädchen an den Tisch gesetzt hatte.

Als sie dann den BigMac in diesem unglaublichen Tempo hinunterschlang, war ich erst mal enttäuscht, weil sie ihre Ideale so schnell verworfen hatte.

Dass etwas mit ihr nicht stimmen könnte, dass sie vielleicht sogar in Schwierigkeiten stecken könnte, das kam mir erst in den Sinn, als sie den BigMac und alles, was sonst noch so in ihrem Magen herumgeschwappt war, schon in einem gewaltigen Schwall auf Davids Hose gekotzt hatte.

HERR FILLER

Es war widerlich.

Halb verdautes Fast Food – das riecht, als ob man im Keller nasse Wäsche verbrennt. Schlimmer noch, als ob man im Keller nasse Windeln verbrennt.

Wenn ich hier wieder unterrichte, muss der Raum vorher ordentlich gewischt werden, dachte ich und spürte im selben Moment, dass es keine Rolle spielte.

Vor diese Klasse konnte ich mich sowieso nicht mehr stellen.

FIONA

»*Was seid ihr alle krank.*« Wie oft hatte Jill uns das an den Kopf geworfen. *Krank,* so nannte sie es, wenn jemand dumm war, oder eitel, oder schüchtern, oder schwach. Vor allem schwach.

Jill hasste Schwäche. Nichts als Verachtung hatte sie dafür übrig, wenn jemand wie ich bei einem Referat so nervös wurde, dass das Collegeblockblatt in der Hand anfing zu flattern wie ein seltener Schmetterling. Oder, wenn jemand aus Angst vor dem Vorturnen seine Sportsachen absichtlich zu Hause liegen ließ.

Kann eben nicht jeder so cool sein wie du!, hätte ich ihr manchmal am liebsten in ihr lila umrahmtes Vampirgesicht gebrüllt.

Cool, das kommt von Kälte, und Jill war cool durch und durch. Hart, kalt und scharfkantig, wie ein makelloser Eiszapfen.

Dass dieser Eiszapfen auch schmelzen konnte, hätte ich vorher nie für möglich gehalten. Ich dachte immer, der sei aus Panzerglas.

»Ich hasse es«, krächzte Jill, während sie sich das Erbrochene aus dem Gesicht strich. Selbst ihre Haare waren nicht davon verschont geblieben. »Ich *hasse* es!«

Und da tat sie mir auf einmal leid.

Wenn sie schon so hart mit uns war, die wir ihr doch nicht einmal viel bedeuteten, wie streng war sie dann mit sich selbst?

David blickte so unglücklich drein, als wäre die Hose ein altes Familienerbstück.

»Was ist los?«, fragte er immer wieder, »Jill, was ist mit dir los?«

Jill antwortete nicht. Nicht mal ein klitzekleines »Halt's Maul« brachte sie heraus. So in sich gekrümmt hatte ich sie noch nie erlebt. Sie hatte sich abgewandt und presste die Hände auf ihren Bauch, als wollte sie auch noch das letzte bisschen Fast Food aus sich herausquetschen.

Dabei fiel mir zum ersten Mal auf, wie sehr ihr Rückgrat hervorragte.

HERR FILLER

Dass Jills Leben nicht gerade sorglos verlief, hatte ich mir schon vorher gedacht. Dazu musste man ja bloß einmal einen Blick in ihr ausgezehrtes Gesicht werfen. Ab einem gewissen Punkt lassen sich Augenringe nicht mehr kaschieren.

Aber eine Essstörung, damit hatte ich nun wirklich nicht gerechnet. Wie auch, ich schaute meinen Schülern ja nicht bei ihren Mahlzeiten zu, und die Wespentaille hätte sie ja auch aus dem Fitnessstudio haben können, oder?

Das konntest du nicht wissen, das konntest du nicht wissen, sagte ich mir ein ums andere Mal.

In den Mienen der Schüler erkannte ich, dass auch sie keine Ahnung gehabt hatten. David schien vollkommen fassungslos zu sein. Er war der Einzige, den Jill überhaupt an sich heranließ, so viel hatte ich mitbekommen. Und trotzdem hatte er nichts davon bemerkt.

Das hatte nur einer.

Stunden schienen zu vergehen bis Jill endlich den Kopf hob.

121

»Wenn ihr es nicht wusstet«, sagte sie langsam, »warum wusste es dann der?«

FIONA

Sie brauchte nicht auf ihn zu zeigen. Ohnehin wusste jeder, wer gemeint war.

Wie ein Soldat verharrte er hinter Herrn Fillers Stuhl. Reglos, also *ohne Regungen* – hier stimmte das wirklich. Nicht die kleinste Emotion sickerte durch die Maske. Wäre da nicht das Tapp-Tapp seiner unruhig wippenden Schuhspitze gewesen, es hätte sich auch um einen Roboter handeln können. Einen Roboter, der sich jetzt quietschend in Bewegung setzte und mit ausgestreckten Armen den nächsten Umschlag aufhob.

MARK

Keiner dachte daran, die Kotze wegzuwischen.

Es ist kaum zu glauben, aber David saß tatsächlich mehrere Stunden mit vollgekotzten Knien da. Jills Erbrochenes, Fabios Blut, jede Menge Angstschweiß – es muss furchtbar gestunken haben, aber seltsamerweise fiel mir das währenddessen überhaupt nicht auf. Genauso wenig wie die Megafone draußen oder das Trappeln der flüchtenden Schüler auf dem Flur. Die ganze Evakuierungsaktion lief voll an mir vorbei. Meine Wahrnehmung schien in eine Art Filter gestopft worden zu sein, der nur noch das Wesentliche durchließ.

Herrn Fillers Hände, wie sie den Umschlag öffneten. Das

leise Rascheln, als er den Brief hervorzog. Auffaltete. Seine verhasste Stimme: »**Sechster Wunsch**. Mark, zerstöre die Doktorarbeit.«

HERR FILLER

Meine anfängliche Erleichterung wurde davongefegt wie eine Sandburg vom Tsunami. So erleichtert war ich darüber gewesen, nicht meinen eigenen Namen vorlesen zu müssen, dass ich den zweiten Teil des Wunsches erst richtig kapierte, als er meinen Rachen bereits verlassen hatte. *Doktorarbeit*, das war ein Schlüsselbegriff, ein Signalwort, Alarmstufe Rot.

Seit siebzehn Monaten schon bastelte ich an meiner Promotionsarbeit *»Pythagoras heute – der Einfluss der Antike auf die moderne Mathematik«*. Insgeheim spielte ich bereits mit dem Gedanken, das Ding anschließend ein paar Verlagen zur Veröffentlichung anzubieten, das Zeug dazu hätte es allemal.

Um zu promovieren, braucht es Disziplin – wenn man nebenher noch unterrichtet, umso mehr. Ich war diszipliniert.

»Dr. Filler«, das klang gut, fand ich, und ich war bereit, einiges dafür in Kauf zu nehmen. Mathe-, Geschichts- und Sportunterricht, und zusätzlich noch diese elenden Vertrauenslehrer-Gesprächsstunden – das allein stiehlt dir schon einiges an Zeit, Ferien hin oder her. Um die Doktorarbeit trotzdem wuchten zu können, musste ich jede Freistunde nutzen, jedes Wochenende und, natürlich, jede Klausuraufsicht.

Heute war ich noch nicht dazu gekommen, meinen Laptop

hervorzukramen, aber er lag griffbereit in der Tasche unter meinem Schreibtisch.

Und mindestens zwei Menschen in diesem Raum wussten das.

FIONA

»Hä? Welche Doktorarbeit?« Manchmal ist es enttäuschend, wie banal doch die Dinge sind, die einem im Kopf herumgeistern.

Ich dachte immer, das sei eben der Alltag. Ohne große Probleme keine großen Gedanken. Ein bisschen kam ich mir wohl vor wie ein verkanntes Genie, das irgendwann mal ganz groß rauskommt, und dem nur im Moment die Herausforderungen fehlen.

Na bitte, jetzt hast du deine Herausforderung! Wie viel herausfordernder muss die Situation denn noch werden, bis du dich endlich aus deinem Schneckenhaus raustraust?

Herr Filler hatte den Mund aufgesperrt, offenbar wusste er, was gemeint war. Offenbar ging es hier um *seine* Doktorarbeit.

Beziehungsweise um deren Zerstörung.

Nein, stopp!, das konnten wir nicht tun. Ich kannte mich auf diesem Gebiet zwar noch nicht aus, aber dass eine Doktorarbeit etwas Großes war, tausendmal länger und aufwendiger noch als jede Klausur, davon hatte ich schon gehört! Es gab Gelehrte, die viele, viele Jahre für ihre Arbeit forschten und ackerten und Herrn Fillers Gesichtsausdruck nach zu urteilen, war er einer von ihnen. Vermutlich hatte er schon während des Studiums damit losgelegt, Stunde um Stunde um Stunde, selbst noch neben seiner Lehrerarbeit. Das erklärte auch, warum er immer seinen Laptop dabeihatte. Unmöglich konnten wir einfach aufstehen, nach vorne gehen und ihm das alles kaputt machen – so etwas tat man nicht, das war geistiger Diebstahl, ein Verbrechen! Ganz abgesehen davon war er immer noch unser Lehrer.

Herr Filler bückte sich nach seinem Aktenkoffer, wobei seine breiten Schultern ein wenig verrutschten.

Ich warf einen kurzen Blick zu Mark. Wie dunkel die Ringe unter seinen Augen doch waren, fast schwarz. Eins war jedenfalls klar: Wenn es einer wagen würde, die Promotion seines Lehrers zu vermasseln, dann er.

Lasses Taschen.

Ida-Sophies Haare.

Fabios Hand.

Verbrechen? Warum machte ich mir überhaupt noch etwas vor, die Grenze war doch schon längst überschritten.

Falls es denn je eine gegeben hatte.

MARK

Der Laptop lag unter dem Tisch – um die Doktorarbeit zu zerstören, musste ich also nach vorne gehen.

Ich ging nach vorne.

Die andern guckten mir verständnislos hinterher, ich konnte kaum glauben, dass außer mir niemand etwas von dieser dämlichen Doktorarbeit mitgekriegt hatte. Schon allein wenn ich an den stundenlangen Vortrag dachte, den er mir nach meiner ersten Fünf gehalten hatte, bekam ich Würgeanfälle: »*Ohne Disziplin wirst du nie etwas erreichen, Mark. Man muss sich* Ziele *setzen, verstehst du,* Ziele. *Etwas, worauf man* hinarbeitet. *Weißt du überhaupt, was das ist,* Arbeit? *Natürlich nicht, woher auch! Du denkst vermutlich, ich hätte meinen Laptop stets dabei, um Sudokus zu lösen oder um zu* zocken, *wie ihr es nennt. Aber da irrst du dich, Mark Winter, da irrst du dich gewaltig. Jede freie Minute* schufte *ich damit an meinem Doktortitel. Weil ich es nämlich zu was* bringen *will im Leben. Und wenn du nicht eines Tages unter der Brücke landen willst, tust du gut daran, dir eine Scheibe davon abzuschneiden!*«

Ehrlich gesagt wäre ich damals eine Million Mal lieber unter der Brücke gelandet, als mir auch nur das allerkleinste Scheibchen von ihm und seiner Doktorarbeit abzusäbeln.

War ich wirklich der Einzige, der davon was spitzgekriegt hatte?

Mit einem Kopfnicken deutete der Unbekannte unter den Tisch. Da lag sie, die Tasche, Herr Fillers hochheilige Aktentasche. Ein ganz seltsames Gefühl packte mich, als ich das Ding so hochhob, um den Laptop herauszuholen.

Ich kannte dieses Gefühl, ich hatte es schon einige Male erlebt, wenn auch niemals so intensiv wie in diesem Moment. Es war das »*Verbotene-Sachen-machen-Gefühl*«.

Kein schlechtes Gefühl übrigens.

HERR FILLER

Es war der Tiefpunkt, der absolute Tiefpunkt meines Lebens. Ich saß da, ich sah zu, wie Mark meinen Laptop aus der Tasche zog, und ich wusste genau, dass jeder Rettungsversuch zwecklos war. *Mein Kind. Jemand will mein Kind umbringen.* Das war es, was ich dachte, als Mark den Laptop hochhob. Mit einem Mal begriff ich, dass sie wahr waren, Valéries ständige Vorwürfe, die Arbeit sei mir wichtiger als eine Familie. Denn genau das war die Doktorarbeit für mich: ein Teil meiner Familie.

»Bitte, Mark«, setzte ich an, »tu das nicht. Ich hab doch auch immer versucht...«

»Mich fertigzumachen?«, unterbrach er mich. »Stimmt, das haben Sie versucht. Und nicht nur bei mir.«

Einen winzigen Augenblick lang flackerte sein Blick zu dem Unbekannten hinüber.

»Mark, es tut mir leid, bitte sei jetzt klüger als ich«, probierte ich es wieder. *Lass mir mein Baby, ich flehe dich an...*

»Noch klüger als Sie? Wo Sie doch sogar neben Ihrem Unterricht an Ihrer Doktorarbeit basteln? Das würde ich mir niemals anmaßen, Herr Filler.«

»Mark! Wenn du das tust, dann fliegst du! Dafür werde ich höchstpersönlich Sorge tragen!«

»Ach ja? Und was ist mit Ihnen? Einem Lehrer, der Schülerinnen bespuckt?«

Mein Unterkiefer klappte nach unten. Blut schoss mir in den Kopf und rauschte in meinen Ohren. Ich keuchte wie ein alter Mann, hasste ihn so sehr, dass es mir fast die Luft abschnürte.

Oder nein, eigentlich hasste ich mich selbst. Weil ich ihm in einem unbedachten Moment von der Doktorarbeit vorgeprahlt hatte, weil es nichts gab, was ich ihm entgegensetzen konnte, weil ich keine externe Sicherheitskopie gemacht hatte ... Vermutlich, weil ich bisher nie Datenverluste erlitten hatte und keiner Cloud auch nur ein Urlaubsfoto anvertrauen würde, hatte ich alle Ratschläge hinsichtlich Back-ups in den Wind geschlagen. Ein Haufen ungeordneter handschriftlicher Notizen, Gliederungsentwürfe und Skizzen auf meinem Schreibtisch, das war alles, was außerhalb dieses Laptops von meiner Arbeit übrig bleiben würde.

Und dabei hatte Valérie mich sogar noch gewarnt!

Dumm. So entsetzlich dumm.

»Das ist ungerecht, mach das nicht, Mark!« Greta. Mein kleiner Schutzengel. Zum ersten Mal in meinem Leben war ich froh darum, dass sie sich einmischte.

»Wegen ihm bin ich sitzen geblieben!«, gab Mark wütend zurück. »Mathe war mal mein Lieblingsfach, bis zu seinem dämlichen Scheißunterricht!«

Ich spürte, wie sich ein nasskalter Film auf mein Gesicht legte, auf Augen, Lippen, Schläfen, Stirn. Jahrelange Arbeit, von einem bockigen Kind zunichtegemacht.

Tu's nicht, tu's nicht, tu's nicht.

Ein letztes Mal betrachtete Mark den Laptop in seinen Händen. »Abgesehen davon«, murmelte er, »habe ich sowieso keine Wahl.«

Und damit packte er ihn fester und donnerte ihn gegen die Wand.

FIONA

Zu sagen, der Laptop sei kaputtgegangen, wäre untertrieben. Herrn Fillers Laptop zersplitterte, verbog sich, wurde gequetscht und auseinandergedrückt. Seine Eingeweide quollen hervor, wie wenn man aus Versehen auf eine Nacktschnecke tritt. Ich würde nicht einmal ausschließen, dass es irgendwo ein wenig dampfte.

Das kleine Mädchen hatte sich inzwischen hinauf auf Marks Stuhl gewagt und schaute mit offenem Mund zu. Krachen, Knallen, Klirren, dazu Marks angestrengtes Keuchen, wenn er erneut mit dem Gerät ausholte ... So eine Vorstellung hatte sie bestimmt noch nicht erlebt.

Mark hörte erst auf mit seinem Zerstörungswerk, als es keinen Laptop mehr, sondern nur noch ein paar Dutzend sinnlos verstreute Einzelteile gab. Zielsicher griff er nach einem Elektroding, das aussah wie der alte Plattenspieler, den wir vor Opa geerbt hatten, nur viel kleiner und schrappte die silberne Scheibe über den Boden, bis sie vollkommen zerkratzt war.

Falls die Sache mit der Doktorarbeit gestimmt hatte, konnte davon jetzt höchstens noch der Geist zwischen den Laptopteilen umherschweben.

Vorsichtig schaute ich zu Herrn Filler hinüber. Sein Kopf

war rot und glänzte wie frisch lackiert. Er zitterte, seine Unterlippe bebte – er weinte.

Herr Filler weinte!

MARk

Ich beeilte mich, zurück zu meinem Platz zu kommen.

Wenn Erwachsene weinen, dann ist meist etwas Schlimmes passiert. Dann hat jemand etwas sehr Dummes getan.

Ich schaute zu Boden. Ein paar der Elektroteile waren bis unter die hinteren Tische geflogen. Ich entdeckte einzelne Buchstaben der Tastatur, ein X, ein S und ein W.

»Warum hast du das gemacht?«, mit großen Augen schaute das Mädchen, dessen Namen ich immer noch nicht kannte, zu mir auf.

Weil er ein Arsch ist, hätte ich gern geantwortet. Aber irgendwie erschien mir die Bemerkung unpassend.

»Weil der Pistolentyp sich das wünscht«, sagte ich stattdessen.

»Warum?«

»Ich weiß nicht. Vielleicht, weil Herr Filler ihn mies behandelt hat.« *So wie mich,* schoss es mir durch den Kopf. *Deshalb sollte ich den Wunsch ausführen.*

Sie nickte. Das schien ihr einzuleuchten. »Rache«, flüsterte sie.

Ich brauchte eine Weile, um zu antworten. Dachte an den kurzen Blickkontakt mit dem Unbekannten zurück. Ganz sicher war ich mir nicht, doch es kam mir so vor, als wäre er meinem Blick ausgewichen. Hatte er befürchtet, dass ich ihn erkennen könnte?

»Rache, genau«, murmelte ich geistesabwesend. *Bloß wofür?*

HERR FILLER

Kaputt.

Kaputt.

Kaputt.

Mein Lebenswerk kaputt, von einem Halbwüchsigen zu Schrott verarbeitet. Ich würde Monate brauchen, ach was Jahre!, um das viele Recherchematerial wieder aus den Bibliotheken und Archiven zusammenzuklauben. Und der beste meiner Zeitzeugen war inzwischen verstorben.

Ich bohrte die Fingernägel in meine Handflächen, um die Tränen zurückzuhalten. Ein dicker Kloß aus Wut und Rotz hatte sich in meinem Hals breitgemacht. Der Tisch fing an, vor meinen Augen zu verschwimmen.

FIONA

Greta sah aus, als würde sie jeden Moment in Herrn Fillers Schluchzen einstimmen. »Das ist so gemein«, hauchte sie.

»Allerdings.« Ich antwortete, ohne zu wissen, ob sie damit Herrn Filler, den Unbekannten oder Mark meinte.

Herrn Fillers Weinen hörte sich aber auch schaurig an, erstickt, gepresst und irgendwie ... dumpf. Ich kniff die Augen

zusammen. Da waren keine Tränen mehr in Herrn Fillers
Augen, er hatte aufgehört! Die Geräusche aber hielten an, sie
wurden sogar lauter. Als Herr Filler sich verwirrt umdrehte,
folgte ich seinem Blick.

Der Typ mit der Pistole stand da und schüttelte sich vor
Lachen.

MARK

Ich weiß genau, was du jetzt denkst, du denkst an einen
total kranken Psychopathen, an einen Superschurken wie
aus James Bond, der sich kichernd über das Haifischbecken
beugt, während die hübsche Blondine zu Hackfleisch verarbeitet wird. Das ultimative Schurkengelächter.

So war's aber nicht. Ein traurigeres Lachen als das des Pistolentypen habe ich nie gehört. So abgrundtief traurig, tro-
cken, trotzig, wie wenn ein zum Tode Verurteilter sich über
die lächerliche Verkleidung des Henkers amüsiert. Es war
das Lachen von jemandem, dem nichts mehr etwas bedeutet, dem alles egal ist, der auf die Welt hinabschaut und sich
kopfschüttelnd darüber wundert, wie komisch sich doch die
Menschen benehmen. Ohne Bosheit, ohne Hohn, ohne jede
Art von Freude – nein, ein Schurkengelächter war es sicher
nicht.

Trotzdem bekam ich noch Monate später Gänsehaut,
wenn ich nur daran dachte.

HERR FILLER

Das Lachen schnitt mir bis tief in die Eingeweide.

Mein ganzes bisheriges Leben lang hatte ich darum gekämpft, obenauf zu schwimmen, trotz der Schikanen meiner älteren Brüder. Ich wollte nicht zu den Mark Winters dieser Welt zählen, das hatte ich hinter mir! Sondern zu den Gewinnern.

Was würde Valérie sagen, wenn ich ihr von dem verlorenen Doktortitel erzählte?

Dem verlorenen Ruf.

Dem verlorenen Job.

Wie würde sie reagieren, wenn sie erfuhr, dass aus mir ein Verlierer geworden war?

Ich starrte den lachenden Unbekannten an. *Dafür wirst du bezahlen,* dachte ich. *Du kommst hier nicht mehr lebend weg.*

FIONA

So plötzlich der Anfall begonnen hatte, so abrupt hörte er auch wieder auf. Der Unbekannte fuhr sich mit dem Handrücken über die Maske, als wollte er das Lachen wegwischen wie Spucke. Fast schien ihm die Sache ein wenig peinlich zu sein. Er straffte die Schultern und verpasste Herrn Filler einen Schubs mit der Pistole.

Herr Filler brauchte ein wenig, um sich vom Anblick des Unbekannten loszureißen. Er sah nicht länger bloß geschockt aus, wie wir alle – was in seinen Augen schwelte war

133

pure Abscheu. Als wollte er gleich aufspringen und losbrül-
len: *Ab vor die Tür! Verschwinde aus meinem Unterricht!*

Zum Glück entschied er sich dann doch dafür, stattdessen
den nächsten Brief zu öffnen. Den mit der Sieben.

»**Siebter Wunsch**«, las Herr Filler vor. »Fiona, küss Sylvester.«

HERR FILLER

Noch gleichgültiger hätte mir der Wunsch gar nicht sein
können. Es kam mir regelrecht hämisch vor, dass der Unbekannte als Nächstes mit so einer Teeniescheiße aufwartete.
Zwangsküssen, so was passte vielleicht zu einer Runde Fla-
schendrehen. Zum Henker, meine Promotionsarbeit war soeben vernichtet worden!

Diese drei noch, beschwor ich mich selbst, *dann kannst du
fluchen und flennen, soviel du willst. Diese drei noch,* daran
hielt ich mich fest, machte es zu meiner ganz persönlichen
Meditation. *Noch drei, noch drei, noch drei.*

Ich dachte tatsächlich, mit den Umschlägen wäre alles
vorbei.

MARK

Von allen Wünschen, die Herr Filler bisher vorgelesen hatte,
behagte mir dieser siebte am wenigsten. *Fiona, küss Sylvester,* das war wie Faustschlag in die Magengrube plus richtig
harter Aufwärtshaken.

134

Ist doch egal, sie ist nur eine oberkluge Streberin, bei der du in hundert Jahren keine Chance hast, versuchte ich mir einzureden, aber es klappte nicht. Alles in mir bäumte sich dagegen auf, ich *wollte* nicht zusehen, wie Fiona den Knallermann küsste. Ich *wollte* nicht, dass Fiona ihn küsste, ich konnte mir nicht mal richtig erklären, warum, immerhin interessierte sie sich für Mathe! Fiona. Das Mädchen mit den meergrünen Augen, dem echten Lächeln, den Sommersprossen, die auf ihrem Gesicht verstreut waren wie Puderzucker auf Waffelteig ...

Fiona, die sich jetzt zögernd erhob und auf Sylvester zuging.

FIONA

Drei Dinge begriff ich, wie wir uns da so gegenüberstanden, viel zu nah. Erstens, dass er Angst hatte. Große Angst, vielleicht noch mehr als ich. Zweitens, dass man das roch. Und, dass ich ihn, drittens, nicht küssen wollte.

Ja richtig, ich, Fiona, wollte ihn, Sylvester, auf keinen Fall und unter gar keinen Umständen küssen!

Verwirrt starrte ich ihm ins Gesicht, suchte nach der Veränderung, die mit ihm geschehen war. Das hier war Sylvester, der Knallermann, der schön war, klug, lässig, braun gebrannt und durchtrainiert ... Die Liste ließe sich bestimmt noch ewig fortsetzen. Er war einer, der aus der Menge herausragte, jemand, nach dem man sich umdrehte – das alles war er noch immer.

Nur, dass ich plötzlich keinen Blick mehr dafür hatte. Übrig blieb ein unbeholfener Junge, der mir nichts und dem ich nichts zu sagen hatte. Außerdem stank er. Eine widerliche Mischung aus nasser Hund, Boxring und Parfümerie.

»Mach schon«, stieß er hervor, und sein Atem schlug mir ins Gesicht, »ich beiße nicht.«

Das ist mir klar, du Hohlkopf, dachte ich, sagte aber nichts. Weitere Sekunden verstrichen. Es war furchtbar. Wir standen einfach da und atmeten uns an, während die ganze Klasse zuguckte.

»Macht endlich!«, rief irgendjemand, »der knallt euch sonst ab!«

Schließlich küsste Sylvester mich. Entweder glaubte er wirklich, der Kerl könnte uns sonst erschießen, oder er hatte begriffen, dass er auf mich noch lange warten konnte. Wahrscheinlich beides.

Im ersten Moment war ich einfach erleichtert. Ich musste ihm nicht mehr in die Augen schauen, konnte jetzt einfach abwarten, bis es vorbei war. 21, 22, 23, zählte ich. Seine Zunge war dick und schlabbrig, und irgendwie zu lang, und ich bekam nicht mal richtig mit, was er damit machte, während seine Hand hart auf meiner Schulter lag, wie um sicherzugehen, dass ich nicht auswich.

Nein, es war kein schöner Kuss. Es war überhaupt kein Kuss, nur ein verkrampftes Aufeinanderpressen widerwilliger Lippen.

Doch danach war es vorbei, das war die Hauptsache. Wir

traten beide einen Schritt zurück, ohne einander in die Augen zu sehen. Gierig schnappte ich nach Luft.

»Reicht das?«, fragte Sylvester in Richtung des Unbekannten.

Der nickte.

Ich flüchtete mich zurück auf meinen Sitzplatz neben Greta, wischte mir hastig über den Mund.

»Wie war's?«, flüsterte sie.

»Nicht besonders angenehm«, antwortete ich. Dabei war das hoffnungslos untertrieben.

Es war vorbei. Nicht nur der Kuss, sondern auch alles, was ich jemals für den Knallermann empfunden hatte.

HERR FILLER

Ich riss den nächsten Umschlag auf, noch ehe der Unbekannte sich wieder zu mir umgedreht hatte. *Noch drei. Noch drei. Noch drei.* Seit dem Massaker an meinem geistigen Eigentum hatte sich ein taubes Gefühl in meinen Fingerspitzen ausgebreitet. Ich spürte den Zettel in meinen Händen kaum, als ich mit gleichgültiger Miene die Zeile überflog. Was auch immer da stand, noch schlimmer konnte es kaum kommen.

Und das tat es auch nicht.

Jedenfalls nicht für mich.

»**Achter Wunsch**«, las ich vor, »Luca, leg Alines Hand ins Feuer.«

MARK

Alines Aufschrei war horrorfilmreif. Ein lang gezogenes »Neeeiiiin!« gellte durch das Klassenzimmer und peitschte dabei mindestens so laut von Wand zu Wand wie zuvor die Schüsse. Sie drehte sich um zu Luca, der links neben ihr saß, und umklammerte seinen Arm. »Luc, das machst du nicht, okay? Okay? Okay?«, mit jedem »*Okay*« ähnelte ihre Stimme mehr dem Piepsen einer Supermarktkasse. »Luuuc! Ich hab dich was gefragt!«

Aber Luca antwortete nicht. Er schaute sie an, schaute wieder weg, guckte zum Unbekannten, zu dessen Pistole, die direkt auf seinen Kopf zeigte. Wieder zu Aline, wieder zur Pistole. *Pistole, Aline, Pistole, Aline.* Er keuchte. Man konnte förmlich hören, wie es in seinem Hirn ratterte.

Keine Ahnung, wie ich an seiner Stelle gehandelt hätte, er jedenfalls holte tief Luft und befreite sich aus Alines Umklammerung.

»Lass mich«, fuhr er sie an. »Knallermann? Hast du Feuer?«

FIONA

Ich konnte es nicht fassen. »*Falsch, falsch, falsch!*«, hätte ich am liebsten dazwischengerufen, »*das passt nicht, das ist alles ganz verkehrt!*«

Luca und Aline galten offiziell als das süßeste Pärchen der Schule. Luca war der sanfte Teddybär, und Aline sein ganz persönliches Barbiepüppchen. »*Die Schöne und das Biest*«, hatte Aline unter ihr letztes Pärchenknutschfoto gepostet, mit drei dicken Herzchen dahinter.

»Feuer her!« Lucas Stimme klang scharf und gleichzeitig ängstlich. »Wirf rüber, schnell, bitte Sylvester!« Er sah Aline nicht an dabei.

»Du ... du machst das doch nicht wirklich«, stotterte sie, »meine Hand ... ins Feuer legen.« Mit Rehaugen sah Aline zu ihm auf. »Luca, ich vertraue dir!« Sie versuchte, ihn an den Schultern zu packen und zu sich herum zu drehen. »Luc, guck mich an, wenn ich mit dir ...« Sie brach ab. Ein pink-durchsichtiges Geschoss zischte auf sie zu, Sylvesters Feuerzeug.

Luca fing es mit nur einer Hand.

Ein Basketball-Beinahe-Profi kann so was.

HERR FILLER

Im Mittelalter mussten die Angeklagten zum Zweck der sogenannten Feuerprobe die Handfläche in eine Flamme halten, um ihre Unschuld zu beweisen. Bei verbrannten Fingern war der Angeklagte schuldig und konnte sich gleich schon mal an den Rauchgeruch gewöhnen.

Manchmal habe ich den Eindruck, so groß verändert hat sich der Mensch in all den Epochen gar nicht.

»Ich brauch was zum Anzünden«, rief Luca, »hat irgendjemand was?«

»Luc!«

»ICH HAB GESAGT, ICH BRAUCH WAS ZUM ANZÜN-
DEN!«

Nein, groß verändert hat sich der Mensch wirklich nicht.

MARk

Die große Frage: Wie entfacht man am besten ein Feuer im
Klassenraum?

a) Mit Tischen und Stühlen.
b) Mit Papierhandtüchern.
c) Mit einem Stapel karierter Klausurbögen.

»Wir können hier doch nicht einfach irgendwelche Sachen
anzünden!« Fiona war aufgestanden. Ihr Gesicht glühte vor
Erregung, ihr Mund war noch etwas gerötet von dem Kuss.
»Schon vergessen, wir können hier nicht raus!« Vorsichtig
schielte sie hinüber zu dem Unbekannten. »Wenn es hier
brennt … Wir kommen hier alle nicht raus.«

Stille. Keiner wagte es, weiter zu argumentieren, dabei
hätte es sicher noch eine ganze Menge weiterer Gründe gegeben, die dagegen sprachen, ein Feuer zu entzünden und
Alines Hand hineinzuhalten.

Der Unbekannte setzte sich in Bewegung, die Waffe im
Anschlag.

Mein Herz wechselte schlagartig den Rhythmus, als er an
Fionas Platz vorbeikam und ihr die Waffe genau auf Augen-
höhe entgegenhielt. *Bummbummbummbummbummbumm.*

Ich musste irgendwas machen, ihn ablenken, schnell, bevor es zu spät war! Tausend Möglichkeiten ratterten mir durch den Kopf – sollte ich einfach zu singen anfangen?

Doch er ging weiter, zum Glück, vorbei an Greta, vorbei an Tamara, vorbei an der kahlköpfigen Ida-Sophie, bis an die Fensterseite zu Luca und Aline. Dort blieb er stehen.

FIONA

»Ich mach's.« Die Worte kamen ganz von selbst – ohne Schütteln, ohne Anschreien –, einfach so aus Lucas Mund, auf den jetzt die Pistole zeigte. »Ich mach's!«, wiederholte er, lauter diesmal, als habe er Angst, dass ihn der Unbekannte nicht hören könnte, »ich mach's, versprochen, ich weiß, wie man Feuer macht, ich kann das, ich mach das, nicht schießen bitte!«

Normalerweise brummte Luca im tiefsten Bass der ganzen Klasse, jetzt aber klang seine Stimme fast so schrill wie die von Aline.

Der Unbekannte nickte.

»Wir brauchen was zum Löschen!«, fuhr Luca hektisch fort, »für nachher ... Wir brauchen was zum Löschen. Und Papier.« Suchend blickte er sich um. »Fiona, gib mal die Klausurbögen nach hinten durch! Ich mach das.«

HERR FILLER

Die Rechnung war einfacher als jede Matheklausur: Alines Hand oder Lucas Leben?

Ich werde Bademeister, dachte ich, *falls ich hier jemals rauskomme, werde ich Bademeister.*

Wo um Himmels willen blieb die Polizei, wenn man sie brauchte?!

Fiona zögerte kurz, dann beugte sie sich nach vorne und grapschte nach dem Stapel, ein einzelnes Aufgabenblatt fiel dabei zu Boden.

Egal.

MARK

Einfach verbrennen, den ganzen Mist.

Wie oft war mir das schon durch den Kopf gegangen, beim Studieren der nicht enden wollenden Aufgabenblätter. *Einfach verbrennen und weg damit.*

Nun sah es ganz so aus, als würde genau das gleich passieren.

Fiona reichte die Blätter an Greta weiter, die schob sie stumm zu Tamara rüber und so ging es immer weiter, bis Luca endlich sein Brennmaterial vor sich liegen hatte.

»Wir brauchen Wasser, zum Löschen nachher«, wiederholte er. »Und zum Kühlen, für Allis Hand.«

Das hätte er lieber nicht sagen sollen.

Zum Kühlen, für Allis Hand – das musste Aline ja den Rest geben.

»Ich lass das nicht zu! Ich mach das nicht!«, quietschte sie und stand auf. »Warum hilft mir denn hier keiner!«

Hektische, rote Flecken hatten sich an ihrem Hals ausgebreitet. In ihrem Ausschnitt auch. Es war ein tiefer Ausschnitt. »Bitte!«

»Ich hab welches«, antwortete ich, ohne Alines Blick zu erwidern und kramte nach meiner Trinkflasche.

HERR FILLER

Wer behauptet, der Jugend von heute sei überhaupt nicht mehr bekannt, wie man ein Lagerfeuer macht, der lügt. Luca zumindest wusste genau, wie man aus einem Stapel Klausurbögen und ein paar Bleistiften ein prasselndes Feuerchen zaubert und er stellte sich sogar recht geschickt dabei an.

Zuerst nahm er die einzelnen Papierbögen und knüllte sie zu faustgroßen Knäueln zusammen, wie Billardkugeln auf einer Platte. Drei dieser Bälle legte er in die Mitte des Tisches. Darüber platzierte er in Dreiecksform die Bleistifte, bevor er schließlich auch noch den Rest der Klausuren zu Kugeln verarbeitete und darüberschichtete. Das alles tat er mit konzentriertem Gesichtsausdruck, sicheren Bewegungen und Händen, die nur ein bisschen zitterten.

Wo war meine Klasse geblieben?
Ich hätte so gern meine Klasse zurückgehabt.

FIONA

»Es brennt!«

Ein Raunen ging durch die Klasse, als das Häufchen aus

Holz und Papier plötzlich lichterloh in Flammen stand. Es war, als würde die Sache jetzt erst richtig real.

Ein echtes, heißes Feuer.

Eine echte, lebende Hand.

Am liebsten hätte ich mich unter meinem Tisch verkrochen und so lange Augen und Ohren zugehalten, bis alles vorbei war. Stattdessen drehte ich mich um und biss vor Entsetzen fast in meine Stuhllehne.

Luca packte Alines Arm, ganz schnell ging das, er hatte sich bloß einmal ruckartig zu ihr umgedreht, und schon hielt er ihr zappelndes, dünnes Handgelenk umklammert.

Überflüssig zu erwähnen, dass sie schrie und randalierte wie eine Tollwütige. Wer an ihrer Stelle hätte schon anders reagiert?

MARk

Die Hitze des Feuers schlug bis zu meinem Platz herüber. Luca musste seine ganze Kraft aufwenden, um gegen Alines Fluchtversuche anzukommen. Im Schmerz verliert man seine Menschlichkeit. Aline kreischte und bäumte sich auf und schlug um sich und schnappte nach Luft, um dann wieder zu kreischen und sich aufzubäumen und wild um sich zu schlagen.

Am schlimmsten, am allerschlimmsten aber war der Gestank.

Bilder verblassen mit der Zeit, doch Gerüche halten ewig als kleine Parfümfläschchen in deinem Kopf. Ein kurzes

Schnuppern genügt und schon sind auch die Bilder wieder da. Die hervortretenden Adern an ihrer Stirn, die weit aufgerissenen Augen, Alines Hals, wie er sich hin und her wirft, während die Flammen sich hungrig über ihre Hautfetzen hermachen, Schicht für Schicht ...

Noch heute wird mir kotzübel, sobald mir der Geruch von Döner in die Nase steigt.

Verbranntes Fleisch.

HERR FILLER

Wie lange er ihre Hand ins Feuer hielt? Schwer zu sagen, ein paar Sekunden vielleicht. Zwei, drei, fünf. Nicht lange, aber lange genug.

»Wasser!« Mit einem gewaltigen Zischen war der Schwall aus Marks Flasche auf der Glut verdampft. Das Feuer fing bereits an, sich in das Holz hineinzufressen. Panik breitete sich aus.

»Wasser! Schnell!« Längst hatte Luca das Mädchen losgelassen. Wimmernd krümmte sie sich zusammen und presste die Hand zwischen die Knie.

Wasser?

Seit wann gab es in der Hölle Wasser?

FIONA

Ich wühlte in meiner Tasche. Alle wühlten wir in unseren Taschen, alle, die noch halbwegs klar denken konnten. »Beeilung!«, brüllte Herr Filler, wie er es sonst nur im Sportunterricht tat. »Wir kriegen das sonst nie aus!«

Mein Herz machte einen Satz, als ich zwischen all den Heften und Büchern die Trinkflasche entdeckte. Meine gute, alte, zerbeulte Trinkflasche!

Ich rannte zur Spülecke. Meine Hände zitterten so stark, dass ich kaum den Hahn aufdrehen konnte, Wasser spritzte mir ins Gesicht, dann war die Flasche endlich voll.

»Ich hab was«, schrie ich und stürmte nach hinten zum brennenden Tisch. Der Rauch biss mir in Augen, Mund und Nase, während ich einen ganzen Liter Leitungswasser über den Flammen auskippte.

Zisch!

Für einen Augenblick sah es fast so aus, als hätte ich es geschafft, als wäre das Feuer erloschen. Dann aber erkannte ich, dass es nur kurz Atem holte. Die Tischplatte schmorte noch immer vor sich hin und die Flammen wurden schon wieder größer!

Mit dem Denken war es nun auch bei mir nicht mehr weit. »Aus, aus, aus!«, brüllte ich, und trat mit dem Fuß von unten gegen die Platte. Halb besinnungslos trampelte ich auf den brennenden Tisch ein, bemerkte dabei weder den Geruch von zerschmelzendem Gummi noch den Helfer an meiner Seite. Mark. Er stieß mich weg und klatschte seine

Sweatshirtjacke auf die Glut. Sie war triefnass. Mark musste sie vorher im Waschbecken getränkt haben.

Das Feuer schnappte noch ein bisschen nach Luft, dann erstarb auch der letzte Funke – endlich.

MARK

Zugegeben, das mit der Jacke war nicht meine Idee.

»*Mach die nass!*« Das kleine Mädchen hatte es mir ins Ohr gebrüllt. »*Los, mach die nass!*« Ich hatte ein bisschen gebraucht, bis ich kapierte, was sie meinte. Dann aber war ich zum Waschbecken gehechtet, hatte das Ding darin tanken lassen, bis es doppelt so schwer war wie vorher, und das verdammte Feuer darunter begraben. Die Kleine war ein ganz schön helles Köpfchen!

»Mark …« Fiona taumelte, sie war noch bleicher als sonst.

Ich fasste sie bei den Schultern, hielt sie so lange fest, bis sie wieder einigermaßen sicher stehen konnte. Während um uns herum die Hölle tobte, schaute ich in die schönsten Augen des Universums.

»Alles in Ordnung. Alles gut. Dir passiert nichts.«

Ein winziges Lächeln. »Du hast wohl jüngere Geschwister, was?«, krächzte sie.

»Vier.« Ich dachte an meine Mutter. »Nee, eigentlich fünf.«

Der Unbekannte riss geräuschvoll das Fenster auf. Ein Schwall kalter Luft drang herein.

Fiona machte sich los. »Danke«, stieß sie hervor, dann stürzte sie zu Aline. »Komm, du musst zum Wasserhahn.«

Ein Blick auf ihre Hand. Sie schluckte. »Das musst du unbedingt kühlen. Sofort.«

HERR FILLER

Ich hatte ein wenig Mühe, die Umgebung scharfzustellen.

Die offenen Fenster. Das Tischgerippe. Fiona, wie sie den Hahn aufdreht. Aline, von mehreren andern gestützt. Benebelter Gesichtsausdruck, kalkweiß. Sie stand unter Schock.

Stand ich auch unter Schock?

Mein ganzer Körper fühlte sich so an, als hätte mich jemand mit Beton ausgegossen. Schweiß rann mir den Nasenrücken hinunter.

Doch als der Unbekannte mir die Pistole in den Nacken drückte, wusste ich trotzdem sofort, was er von mir erwartete.

»**Neunter Wunsch**«, las ich vor. »Hugo muss sterben.«

MARK

Erst war da natürlich diese Hemmschwelle.

Man macht nichts kaputt. Man tut niemandem weh. Nicht absichtlich, und schon gar nicht, wenn jemand zuguckt. Am allerwenigsten unter den Augen eines Lehrers.

Na ja, aber so ein bewaffneter Typ, der ändert die Sachlage ein wenig. Nach allem, was inzwischen passiert war, hatte keiner mehr ein Problem damit, das Ding zu demolieren.

Einigen hat es sogar Spaß gemacht.

HERR FILLER

Ich hatte Hugo damals selbst mitgebracht, als wir die Steinzeit durchgenommen haben. Frisch von der Uni, voller guter Vorsätze, Geschichte zum Anfassen und so. Hugo ist unser Ötzi. Der Steinzeit-Homo-sapiens, ein Knochengerüst aus Plastik. Die Schüler durften ihn selbst ankleiden, mit allem, was die Steinzeitmode hergibt. Echte Waffen, echtes Fell. Kam übrigens bei der Prüfungskommission gut an.

Mittlerweile stand er seit Jahren in der Ecke, ganz verstaubt, mit seinem Faustkeil und dem langen Speer. Aber größtenteils noch heil.

Bis dieser Irre in die Klasse stürmte, und ihn uns eigenhändig zerstören ließ.

FIONA

Es fing damit an, dass Sylvester Hugo einen Tritt verpasste. Er musste dafür nicht einmal aufstehen, einfach das Bein ausstrecken und mit dem Fuß nach hinten kicken, er saß ja direkt davor. Das Skelett klapperte, der lederne Lendenschurz rutschte zu Boden. Hugo war jetzt untenrum nackt. Doppelt nackt sogar, ohne Kleidung, ohne Haut. Ein erbärmlicher Anblick.

Der Maskierte schoss in die Luft.

Ich wäre vor Schreck fast an die Decke gesprungen, mit einem Quieken rutschte Tamara von ihrem Stuhl.

»Okay, okay! Wir machen's!« Als wäre dadurch der Damm

gebrochen, standen gleich mehrere Schüler auf und machten sich über Hugo her. Fabio und Luca folgten Sylvester sofort, als er sich zu ihnen umsah, selbst Mark kam aus seiner Ecke, um mitzumischen. Zuerst noch zögerlich, dann entschlossener zogen sie an seinen Armen und Beinen, traten gegen die Knochen. Was für ein bizarres Spektakel!

MARk

Gewalt ist keine Lösung?

Ich meine, das kommt ganz auf die Probleme an. Manchmal *ist* Gewalt eine Lösung. Nicht die beste natürlich, häufig sogar eine ausgesprochen schlechte, aber *eine Lösung* ist sie allemal.

Meine Wut, meine Angst, meine Unruhe während dem langen Ausharren – das alles platzte aus mir heraus wie Wasser aus einer Wasserbombe. Und was für eine!

Während ich Hugos Höhlenmensch-Dasein Schlag für Schlag ein Ende bereitete, machte sich in mir selber eine Entspannung breit, wie ich sie zuvor noch nie erlebt habe.

Faustschlag gegen die Rippen. *Weg mit dir, Angst!* Kinnhaken unter den Kiefer. *Weg mit dir, Wut!* Tritt zwischen die Beine. *Ich mach euch beide fertig!*

Jeder Schlag war ein kleiner Sieg über die Untätigkeit. Jeder Schlag war Befreiung. Hugo zu verhauen war eine Lust.

Immer mehr Schüler sprangen mir zur Seite – Jan, wie ein wild gewordener Sumoringer, David und Jill mit vereinten Kräften, Lasse mit hochgekrempelten Hemdsärmeln, Fabio, einhändig zwar, aber nicht minder entschlossen, Svea, das Messermädchen, Ida-Sophie mit tränenverschmiertem Gesicht, sogar Tamara, sie war aufgestanden, sobald der Unbekannte sich auf sie zubewegt hatte.

Gemeinsam prügelten wir auf Hugo ein. Bald musste man scharf aufpassen, um nicht die Fäuste der anderen zu treffen. Wir zogen und zerrten an seinen Gliedmaßen, trommelten in wilder Wut gegen seine Rippen und brachen in triumphierendes Gegröle aus, sobald ein weiterer Körperteil zu Boden polterte.

Jemand lachte – der Unbekannte!

Oder war das ich?

FIONA

Ich schaute vom Waschbecken aus zu, während der Hahn weiterlief. Selbst Aline schien für einen Moment von ihren Schmerzen abgelenkt. Mit offenem Mund starrte sie auf den Totenschädel in Sylvesters Händen.

Außer Greta saß niemand mehr auf seinem Platz, alle hieben sie wie verrückt gegen das Klapperskelett. Es war wie in einem dieser modernen Theaterstücke, die meine Eltern so fantastisch fanden und meine Schwester so unausstehlich.

Verzerrte Gesichter.

Irres Geschrei.

»Das reicht!« Herr Filler sprach mir aus der Seele. »Um Himmels willen, das reicht!«

Von Hugo war nichts als ein Haufen Knochen geblieben.

HERR FILLER

Noch ein einziger Umschlag.

Ich kratzte alle Kraft zusammen, die mir noch geblieben war. Viel war es nicht, sie reichte gerade so aus, um den letzten Brief aus dem Papiermeer zu fischen. *Zehn.* Die Zahl hatte etwas Endgültiges an sich, etwas Abschließendes. Zu diesem Zeitpunkt war mir das absolut recht. Mit schwachem Finger stieß ich durch die Falzkante und ratschte einmal die Öffnung entlang. *Noch eine einzige Aufgabe.*

MARK

Nie hätte ich gedacht, dass sich Herrn Fillers Miene noch mehr verfinstern konnte.

Wobei, *verfinstern* ist eigentlich das falsche Wort. Entgleisen, vollkommen entgleisen, das trifft es besser. Herr Filler riss den Mund auf, klappte ihn wieder zu, gab einen kehligen Laut von sich und starrte zurück auf das Blatt.

Nein, verlesen hatte er sich nicht.

Ein Blick zu dem Unbekannten. *Das meinst du doch nicht ernst!*

Störrisch erwiderte der seinen Blick. Als Herr Filler nicht gleich reagierte, gab er ihm einen Knuff mit der Pistole.

Doch, das meinte der ernst.

Herr Filler senkte den Kopf. Nochmals und nochmals wanderten seine Pupillen die Zeile entlang. Mir kam es so vor, als würde er mit jedem Mal blasser.

»Jetzt machen Sie schon!«, kommandierte der Knaller-mann.

Am Fenster schien die Sonne.

Herr Filler schluckte. »**Zehnter Wunsch**«, sagte er tonlos. »Macht dasselbe mit Sylvester.«

FIONA

Eine Weile lang blieb es still, totenstill, nur der Wasserhahn plätscherte weiter vor sich hin. Ein einsames Geräusch in einem Raum voller Wachsfiguren.

Macht dasselbe mit Sylvester.

Mein Blick schweifte über die Knochen am Boden. Hals-wirbel, Unterkiefer, Schlüsselbeine, Armknochen, Beinkno-chen, viele, viele Rippen ... Manche noch fast heil, andere zerbrochen, in mehrere Teile zersplittert.

Mir wurde schlecht.

Sylvester fühlte sich anscheinend auch nicht besonders wohl in seiner Haut, denn er ließ den Schädel fallen, als sei es sein eigener.

»Stopp«, sagte er. »Stopp! Ganz ruhig.« Von der Klopperei ging sein Atem noch schnell. Er hob die Arme. »Das machen wir nicht. Klar? Wir machen. Das. Nicht.«

MARK

Schweigen.

Der Schenkelknochen wog schwer in meiner Hand.

»Wieso hast du das gesagt?«, fragte Fabio. »Traust du uns so was etwa zu?«

»No way«, beteuerte Sylvester, »ich wollte nur …«

»Sichergehen?«

»Ja. Nein. Nein! Natürlich nicht«, er blickte zu Boden, »ich dachte bloß …« Sein Blick blieb an dem Schädel kleben.

»Er hält es für möglich!« Aufgebracht fuhr sich Luca durchs Haar. »Er hält es tatsächlich für möglich, ich glaub's nicht!« Rußschlieren hafteten an seiner Stirn. »Weißt du eigentlich, wie oft wir für dich den Kopf riskiert haben? FEIGLING!«

Der Unbekannte trat näher, die Waffe im Anschlag.

Ich rührte mich nicht.

»Er hat recht, das ist doch absurd«, empört hob Svea die Augenbraue. Eine Angewohnheit, die sie von Ida-Sophie übernommen hatte. »Okay, um Hugo war's nicht schade, aber …«

Der Unbekannte trat einen weiteren Schritt näher.

»Um Feiglinge wär's auch nicht schade.« Luca, Sylvesters bester Freund. Seine Stimme bebte, der Unbekannte stand direkt in seinem Rücken.

»Was meinst du damit?«, knurrte Sylvester.

»Nichts. Nur, dass mutige Leute sich nicht vor ihren eigenen Freunden ins Hemd machen.«

Sylvester packte ihn am Kragen. »Ich bin kein Feigling!«, zischte er. »Nur, weil ich der Einzige bin, der hier ein wenig Grips im Kopf hat!«

Unklug, äußerst unklug.

Luca riss sich los und stieß ihn grob gegen die Wand. »So? Meinst du das?«

»Na, wenn du so schlau bist, dann lagst du ja vielleicht sogar richtig!« Fabio kickte ihm den Totenschädel vor die Füße. »Vielleicht stellen wir mit dir ja wirklich das Gleiche an wie mit ihm!«

»Was?« Sylvester wich zurück. Beinahe wäre er dabei über eine Rippe gestolpert.

»Du Arsch«, brüllte Luca, »wie kannst du von uns verlangen, dass wir uns für dich abknallen lassen!«

HERR FILLER

Sie gingen auf ihn los. Alle, nicht bloß Luca und der verletzte Fabio. Die setzten sich zuerst in Bewegung, doch dahinter folgten Jan, David, Jill, Svea, Ida-Sophie, Tamara, Mark und ganz hinten der Unbekannte. Wie ein Hirte, der seine Herde vor sich hertreibt.

Greta vergrub den Kopf zwischen den Händen, während ich vergeblich auf Winnetou wartete.

FIONA

Ein Theaterstück.

»Und ... bitte!«, ruft der Regisseur, und alles setzt sich in Bewegung, die Täter marschieren los, das Opfer guckt ganz ängstlich, *»Hilfe!«*, schreit es, *»tut mir nichts!«* Doch die Schurken haben kein Mitleid, sie geben nicht nach, schon sind sie über ihm! Eine gelbe Flüssigkeit breitet sich auf der Bühne aus, die hat sich der Schauspieler zwischen die Beine

155

geklemmt, erst gelb, dann rot. Der Regisseur ist zufrieden. »Wow«, denkt er, »wie echt!«

Ja, wie echt.

Wasser plätscherte über meine Finger, ich hielt noch immer Alines Hand umfasst, meine kalt, ihre warm. Sehr warm. Ich fragte mich, was ich hier sollte, welche Rolle ich spielte oder ob ich nur im Publikum saß. Vielleicht war ich auch der Regisseur, müsste nur »*Daaanke!*« rufen und alles wäre gut. Aber warum zitterten meine Hände dann so sehr?

Ganz hinten in der Gruppe drängelte Mark. Er drängelte, um nach vorne zu kommen, weg von dem Unbekannten, hin zu Sylvester, um mit ihm dasselbe zu machen wie mit Hugo.

Dasselbe wie mit Hugo.

»Mark«, krächzte ich, so leise, dass er es unmöglich hören konnte. »Mark! Nicht!«

MARK

Ich weiß nicht mehr, wieso ich mich umdrehte. Fakt ist: Ich drehte mich um – und starrte genau in Fionas Gesicht. Sie stand am Waschbecken, mit den Händen im Wasser, bewegte die Lippen, als wollte sie irgendetwas sagen.

Ich verstand sie nicht, kein Wunder bei dem Lärm um mich herum. Aber ihren Augen konnte ich nicht ausweichen. Diesen unglaublich grünen Augen, vom Feuer rauchgerötet. Augen, die schrien.

Und auf einmal wusste ich, was zu tun war.

HERR FILLER

Marks Knochenknüppel traf exakt unter die Kinnspitze. Blitzschnell hatte er sich umgewandt, weit ausgeholt und *KRAWUMMS*!

Mark Winter, ausgerechnet Mark Winter. Wofür mir die ganze Zeit über der Mut gefehlt hatte – er hatte es einfach getan.

Der Unbekannte taumelte, stürzte und landete rückwärts auf einer Tischplatte. Er schrie nicht.

Ida-Sophie schon: »Mark, was hast du getan!« Die ganze Truppe fuhr herum.

»Das ist der Feind«, keuchte Mark, »nicht Sylvester.« Auch er hatte durch den heftigen Schlag das Gleichgewicht verloren, war gegen einen der Tische geprallt und richtete sich nun hastig wieder auf, als er den Unbekannten neben sich entdeckte. Wie ein wütender Terrier warf er sich gegen das schwarze Ungetüm, versuchte erfolglos, ihm die Pistole zu entwinden.

Wenige Augenblicke später wanden sie sich beide ineinander verkeilt auf dem Boden, ein wirres Bündel aus Armen und Beinen, Schwarz und Bunt.

MARK

Adrenalin.

Wenn du dich fragst, unter welchen Umständen du etwas Gefährliches hinkriegen würdest, ist das die Antwort.

Ein heißes, blendendes Licht tanzte vor meinen Augen, mein Gehirn hatte sich komplett abgemeldet, ich folgte nur noch meinen Instinkten:

Ausweichen.

Wegrollen.

Draufschlagen.

Ich benutzte alles als Waffe, was der menschliche Körper zu bieten hat – ja, es war sogar so, als bekämen viele Teile jetzt erst einen Sinn. Meine Ellenbogen waren nur dafür geschaffen worden, um sie dem Unbekannten in den Magen zu rammen. Meine Füße nur zum Treten. Meine Hände nur zum Würgen. Einmal vergrub ich sogar die Zähne in dem schwarzen Stoff, auch wenn mir das nichts einbrachte als einen Mund voll Fussel.

Nichts gab es mehr, für das ich mir zu schade gewesen wäre. Ich steckte ein und merkte es gar nicht, ich hatte sowohl meine Furcht verloren als auch meine Skrupel.

Ich war nicht länger Mark.

Ich war *Adrenalin*.

HERR FILLER

Niemand war so verrückt, in das Chaos einzugreifen. Es war wie einer dieser barbarischen Hahnenkämpfe in den USA – ein Eindruck, der noch dadurch verstärkte wurde, dass die anderen wie angewurzelt daneben standen und aus sicherem Abstand das Geschehen verfolgten.

Eigentlich hätte ich mir wohl Sorgen machen müssen –

immerhin befand sich gerade einer meiner Schüler im Nah-
kampf mit einem schwerbewaffneten Irren, der abwechselnd
versuchte, ihn zu erdrosseln und zu erschießen – doch ich
konnte bloß staunen. Staunen, dass dieser kleine Bastard tausendmal mehr Ähnlichkeiten mit einem Helden aufwies als
ich.

Geschickt stemmte er sich gegen den rechten Arm mit der
Pistole, um zu verhindern, dass der Unbekannte ihm aus
nächster Nähe eine Kugel in den Hals jagte. Mehrmals versuchte er, seinem Gegner die Maske vom Gesicht zu reißen
und kassierte dafür einen heftigen Tritt zwischen die Beine.
»Feigling!« Mark schrie auf und schlug den Kopf mit aller
Kraft gegen den Handschuh des Unbekannten. Ein dumpfer
Laut ertönte, als Mark Winters Dickschädel auf das Handgelenk des Unbekannten rumste.

FIONA

Ein Schuss löste sich, peitschte über die Köpfe hinweg durch
den Raum und brachte die große Fensterscheibe zum Splitt-
tern.

Viele von uns schrien.

Die Pistole schlitterte über das Linoleum von den andern
weg unter einem der Tische hindurch, ausgerechnet dem
von Mark.

Gleichzeitig warfen sich die Kämpfenden hinterher. Mark
prallte mit der Stirn gegen ein Stuhlbein und auf einmal
rann ihm Blut übers Gesicht.

159

Nicht gut.

Gar nicht gut.

Die Schreie verstummten, blindlings tastete Mark unter dem Tisch nach der Pistole, doch er war noch zu weit entfernt.

Die Kleine.

Die Kleine war nicht zu weit entfernt, sie hockte immer noch unter Marks Tisch, wie hatte ich sie vergessen können. Mit zitternden Fingern grapschte sie nach der Pistole und kroch unter der Platte hervor.

Der Unbekannte zog sich an einem der Tische hoch.

»Wirf sie mir zu«, rief Mark. »Schnell, wirf sie mir zu!«

Die Fünftklässlerin reagierte nicht, starrte bloß fasziniert auf die Waffe in ihren Händen.

»WERFEN!«, brüllte ich.

Und da endlich kam Leben in den kleinen Körper, sie holte aus und schmiss die Waffe, so fest sie konnte, in Marks Richtung.

HERR FILLER

Es gibt eine ganze Menge, was Mädchen besser können als Jungs. Schönschreiben, Zuhören, Sich-Sachen-Merken, Multitasking ... Nur zwei Sachen, die können Mädchen definitiv schlechter: Urinieren im Freien – und Werfen.

Statt zu Mark hinüber segelte die Waffe hoch an die Decke des Klassenzimmers, von wo aus sie mit einem dumpfen »Bong!« abprallte und wie ein Stein senkrecht zu Boden sauste.

Der Unbekannte brauchte bloß einen einzigen Schritt zu tun, um sie aufzuheben.

MARK

Mein Kopf dröhnte fürchterlich. Ich vergrub die Finger in den Haaren und hob langsam den Blick zum Unbekannten.

Da stand er nun, *der Feind,* die Pistole wieder fest umklammert. Wie schlimm das Gerangel ihn mitgenommen hatte, ob er verletzt war, blieb hinter der Maske verborgen.

»Es tut mir leid«, wimmerte das Mädchen, »ich hab alles kaputt gemacht, es tut mir leid!«

Über meine Wange lief ein warmes Rinnsal. Rote Tropfen auf meinem T-Shirt, vielleicht hatte ich bloß Nasenbluten wie früher. Ich versuchte, den Blick wieder scharf zu stellen.

»Leute, habt ihr nicht gesehen, was man mit Feinden machen muss?«, knurrte Jill leise. »Man muss gegen sie *kämpfen.*«

Sylvester rappelte sich auf.

FIONA

Hatte ich gewollt, das Mark sich auf ihn stürzte? Hatte ich ihm das sagen wollen?

Ich weiß es nicht. Sicher ist, ich war ungeheuer erleichtert, als die Meute, die einmal meine Klasse gewesen war, von Sylvester abgelassen hatte. Nicht, weil er mir irgendwas bedeutete, sondern einfach, weil er mit mir in Mathe saß, weil ich ihn kannte, weil er ein Mensch war, weil ich nicht zusehen wollte, wie er stirbt.

Und jetzt?

Jetzt standen sie sich gegenüber – der Unbekannte gegen den Rest der Welt. Pistolentyp gegen Knüppelhorde.

In mir wurde es ganz ruhig. Auf einmal hatte ich keine Angst mehr vor dem Tod, stattdessen überlegte ich tatsächlich, mich umzudrehen und mitzumachen, den andern beizustehen, auch wenn ich keine Ahnung hatte, wie.

Zum ersten Mal waren wir WIRKLICH *eine Klasse*.

HERR FILLER

Greta sprang auf, gerade als es so aussah, als würden die beiden Fronten nun aufeinander losstürmen.

»Halt!«, brüllte sie, »halt!« Alle drehten sich zu ihr um. Sogar der Unbekannte schien überrascht.

Greta holte tief Luft. »Ich habe eine Frage«, sagte sie, den Blick starr auf den Unbekannten gerichtet. »Warum die Maske?«

Schweigen.

Hatte sie den Verstand verloren? Das war die dämlichste, dämlichste Frage aller Zeiten, und das will bei Greta was heißen. *Warum die Maske?* Ja, warum wohl! Damit man ihn nicht erkannte natürlich!

»Du willst nicht erkannt werden«, fuhr Greta fort, »deshalb auch die Briefe. Du hast dir das alles ganz genau ausgedacht, nur nicht von irgendwem entlarvt werden. Aber wenn du doch sowieso stirbst«, sie stockte, »ist das dann nicht egal?«

Ich hielt inne, alle hielten wir inne. Ergab das Sinn?

FIONA

»Sie hat recht!« Ich war näher getreten, von meinen Händen tropfte noch das Wasser. »Wenn du wirklich sterben wolltest – dann bräuchtest du keine Maske!«

Ohne nachzudenken, stürzte ich zur Tafel und fing an, mit dem Ärmel über die Schrift zu wischen. »Du willst gar nicht sterben. Deine *letzten Wünsche* sind Rache – mehr nicht.«

Stille.

Der Unbekannte starrte an die Tafel, dorthin, wo jetzt nur noch ein paar schwarze Flecken zu sehen waren, starrte dann mich an, zielte mit der Pistole auf meine Herzgegend und antwortete.

Und antwortete.

Er antwortete!

Der Unbekannte redete, zum allerersten Mal!

MARK

Drei Dinge waren es, die mich völlig von den Socken hauten.

1.) Wir lebten noch.
2.) Der Unbekannte sprach ...
3.) ... mit der Stimme einer Frau.

163

»Ich will keine Rache«, sagte der Unbekannte, der gar kein *der* war, »ich will Gerechtigkeit. Wenigstens ein Mal.«

Ihre Stimme drang gedämpft durch die Maske, so wie wenn man in eine Salatschüssel redet. Sie klang jung, mehr wie ein Mädchen als eine Frau, und sie klang hart, mehr wie eine Frau als ein Mädchen. Beide kamen sie mir bekannt vor, das Mädchen, die Frau. Verzerrt zwar, als hätte jemand ihre Stimme aufgenommen und dann an ein paar Knöpfen rumgedreht, aber eindeutig vertraut. Unheimlich vertraut.

Wer bist du? Was hast du hinter der Maske zu suchen?

HERR FILLER

Ich hatte mich vertan: Der Fremdkörper war überhaupt kein Fremdkörper. Der Fremdkörper war ein Mädchen, nichts weiter!, und er kam mir bekannt vor. Unheimlich bekannt sogar, auch wenn ich in dem Moment nicht hätte sagen können, woher.

Ich war der Einzige, der noch auf seinem alten Sitzplatz hockte. Vorn, vor dem Lehrerpult, inmitten von Papierschnipseln, mehrere Meter von dem Schülerpulk entfernt, so, wie es sich gehört. Schüler mögen es überhaupt nicht, wenn man sich in ihre Gespräche einmischt, nach dem Motto: »*Na, schon für die Matheklausur gelernt?*« Dann senken sie die Blicke, kichern, stottern herum wie die letzten Idioten. Und kaum hast du dich wieder umgedreht, hörst du auch schon das Getuschel in deinem Rücken – nein, besten Dank.

Ich war es gewohnt, Abstand zu wahren, ich hielt auch

jetzt noch Abstand und das war das Problem. Denn so konnte ich nicht verhindern, wie Sylvester die Hand ausstreckte und dem Mädchen die Maske vom Kopf riss.

MARK

Ich will nicht sagen, wer es war.

Ein Mädchen eben, nicht älter als ich. Braunhaarig, ungeschminkt, die Wangen rot von den vielen Stunden unter der Maske. Ihr Kinn war durch einen meiner Schläge etwas geschwollen, blutete jedoch nicht. Sie war weder besonders hübsch noch hässlich, normal eben, so wie die meisten in meiner Stufe. Vor einem halben Jahr hatte sie die Schule verlassen, bis dahin saß sie neben mir in Mathe.

Sie saß neben mir in Mathe.

HERR FILLER

An diesem Tag wurden viele Fehler begangen, aber keiner war so fatal wie der, dem Mädchen die Maske herunterzureißen.

Ich erkannte sie sofort.

Jeder erkannte sie sofort: das langsame Mädchen aus der letzten Reihe. Neben Mark hatte sie gesessen, so ruhig, dass es kaum auffiel, als sie irgendwann nicht mehr dort hockte. Sie war frühzeitig abgegangen, wollte eine Ausbildung zur Altenpflegerin machen. Wir hatten darüber gesprochen, sie und ich. Sie fühle sich nicht so wohl in der Klasse, hatte sie gesagt. Und dass sie eigentlich sowieso lieber was ganz anderes machen wolle. Ohne Zahlen und Klausuren.

Es war typisches Schülerinnengelaber gewesen, auf das ich mit typischem Lehrergelaber reagiert hatte.

Ich hatte angenommen, damit sei die Sache geklärt.

MARk

Für eine kurze Ewigkeit stand sie einfach da und starrte uns an, einen nach dem andern, die Pistole in der Hand. Ich war überrascht, wie normal sie wirkte. Da war kein irres Glitzern in ihren Augen, kein brutal verkniffener Mund. Bloß ein verschwitztes, ein bisschen schwer atmendes Mädchen.

Meine alte Sitznachbarin.

Die Langsame, die immer ein wenig belämmert geschaut hatte und deswegen manchmal von Ida-Sophie und der Knallermann-Clique aufgezogen worden war.

Hatte sie selbst eigentlich je über irgendwen gelästert? Ich konnte mich nicht erinnern.

Andererseits, mit wem hätte sie das auch tun sollen.

Sie war halt anders.

»Vielleicht hattest du recht, Fiona«, sagte sie »Vielleicht wollte ich wirklich nicht sterben. Aber jetzt ...«

Und damit griff sie ein letztes Mal in ihren Beutel, steckte sich die Pistole in den Mund und schoss.

FIONA

Ein Kopf fiel auf meinen Fuß.

Ein harter, runder Kopf mit einem Muttermal neben der Nase.

Ein Kopf mit einem Körper daran.

Ich schrie nicht.

Das Blut um den Kopf breitete sich aus, dunkelrot, sehr flüssig, ein großer heißer See und mittendrin mein Fuß. Jetzt schrie ich doch, oder vielleicht war das auch nicht meine Stimme.

Beckie, das war ihr Name.

Beckie.

Alles, absolut ALLES daran war falsch, dass sie diese Leiche war! Nicht das Mädchen, das ich gekannt hatte, das mich ins Krankenzimmer gestützt hatte, als ich mir an der Fahrradkellertür den Zeh gebrochen hatte. Das Eltern gehabt hatte und Träume.

Das den Tod eines Mitschülers gefordert hatte.

Mein Atem geriet ins Stottern. Ich war in die Knie gegangen. Blut sickerte in meine Jeans, Beckies Blut an meinen Füßen, meinen Knien, meinen Händen.

Herr Filler sprintete auf mich zu, fragte mich etwas, rüttelte an meiner Schulter, fragte noch mal und ich antwortete in einer Mischung aus Würgen und Wimmern. Er schob mich beiseite.

Ich hielt mich gerade noch an einem der Tische fest, als die Erde anfing, sich millionenfach schneller zu drehen als

167

sonst. Ich klammerte mich an ein Tischbein, schloss die Augen und wartete

und wartete

und hoffte, dass die Welt endlich stehen blieb.

HERR FILLER

Das Chaos war unbeschreiblich. Von Schluchzen über Schreien bis hin zu wirrem Gestammel war alles vertreten.

Fiona kauerte mit blutiger Hose auf dem Fußboden.

Jill erbrach sich ein zweites Mal.

Luca weinte.

Ich machte einen Schritt hin zu dem Körper der Schülerin und legte mein Sakko darüber. *Nicht hinsehen. Bloß nicht hinsehen.*

»Wir haben überlebt.« Ich versuchte irgendwie, zurück in meine Stimme zu finden. »Wir haben den Amoklauf überlebt und müssen jetzt nur noch abwarten, bis wir befreit werden.«

Wir haben überlebt – kann es größere Worte geben?

Es funktionierte jedenfalls, die Schüler wurden ruhiger. Lasse rannte sogar zum Fenster, um nach den Rettungskräften Ausschau zu halten.

Im selben Moment zupfte Mark mich am Ärmel. »Herr Filler«, sagte er, »da ist noch ein Umschlag.«

Aus seinem Mund klang das wie Hohn.

MARK

Der Umschlag lag halb unter Herrn Fillers Sakko verborgen. Sie musste ihn aus dem Beutel hervorgezogen haben, kurz vor ihrem Tod.

»Da! Guck!« Das kleine Mädchen hatte ihn mir gezeigt, gerade, als ich hinüber zu Fiona gehen wollte.

Ein allerletzter Umschlag.

»Ich glaube, den sollten wir lieber nicht öffnen«, sagte Herr Filler heiser.

Fiona hob den Kopf. »Lesen. Sie. Vor.« Es klang wie ein Befehl.

Und es wurde wohl auch so aufgefasst, denn Herr Filler kniff die Lippen zusammen und zog den Umschlag hervor.

Selbst Aline hörte für einen Moment auf, zu wimmern.

Herr Filler riss den Umschlag auf und holte ein doppelseitig beschriebenes Blatt Papier heraus. Handschriftlich diesmal, das war neu.

Er zog die Stirn in Falten und begann zu lesen.

DER BRIEF

Liebe Lebenden,

wenn ihr diese Worte lest, geht es mir vermutlich besser als euch. Besser als seit Langem, hurra. Ihr braucht mich also nicht zu bemitleiden. Spart euch das Mitleid für euch selbst.

Wisst ihr übrigens, was ich gut kann?

Manche von euch werden sich vielleicht wundern, dass ich überhaupt etwas kann, außer Stehlen und Hässlichsein und Faulenzen. Lange Zeit war ich ja selbst davon überzeugt, dass ich gar nichts kann.

Aber jetzt weiß ich es: beobachten. Das kann ich gut. Wenn das hier nicht mein letzter Tag wäre, würde ich bestimmt zum Geheimdienst gehen. Da wär ich ein Ass.

Und dabei habe ich gar keine besseren Augen als ihr, bestimmt nicht. Ich schau bloß hin, das ist der Unterschied. Ich sehe, was ich sehe. Ihr glotzt bloß durch die Gegend und redet euch alles zurecht.

Wie Greta, die meint, wenn man zu Herrn Filler geht, wird alles gut. Zu dumm, dass ich auf dich gehört hab, Greta.

Wie Tamara und Jan, miserable Läufer, aber exzellente Mitläufer. Ihr glaubt dem, was andre euch sagen, mehr als euren eigenen Augen. Sodass ihr nicht einmal die Konsequenzen eures Zustimmens erkennt, ihr Blindfische.

Wie Ida-Sophie, die sieht nur sich selbst, sich selbst und sich selbst und meint, sie wüsste, wer ich bin. Was ich bin. Wie dumm ich bin. Wie langweilig.

Wie Lasse, der sieht nur seinen Vorteil und nimmt sich Geld und sein Recht, auch wenn er im Unrecht ist. Ich habe nie gestohlen, aber dank dir, Lasse, habe ich zum ersten Mal gehasst.

Wie Jill, die mich fertigmacht, nur um nicht sehen zu müssen, wie fertig sie selber ist. Und wie David, der für beides blinder ist, als man sein kann.

Wie Herr Filler, der für seine Doktorarbeit mehr Augen hat als für alle Schüler zusammen. Ich habe Ihnen vertraut, Herr Filler.

Wie Fiona, die den anhimmelt, der mir das Leben zur Hölle macht. Du hättest besser hinschauen sollen. Dann wäre das alles vielleicht nicht passiert.

Wie Aline, die süße Lügenkönigin. Niemand lebt weiter von der Wahrheit entfernt als du. Und legt dafür auch noch die Hand ins Feuer.

Wie Sylvester und Luca und Fabio. Was ihr in mir gesehen habt, weiß ich nicht, auf alle Fälle muss es furchtbar gewesen sein. Etwas Abstoßendes, Ekelhaftes, etwas, mit dem man nicht die Spur Mitleid hat. Denn sonst hättet ihr es ja wohl nicht getan, oder? Sonst wärst du doch nicht auf diese durch und durch abstoßende, ekelhafte und mitleidlose Idee gekommen, oder, Sylvester?

Schön sahst du dabei übrigens aus, Sylvester, das muss ich sagen! Diese Augen ... der Wahnsinn.

Nur weißt du, im Dunkeln sieht man deine Augen nicht.

Im Dunkeln bist du nur ein Körper, der einem anderen Körper Schmerzen zufügt.

Ich will euch nicht die Schuld geben. Nicht die ganze. Am Ende habe ich genauso wenig klar gesehen wie ihr. Ich habe keinen Ausweg mehr gefunden in all dem Schwarz und Schwarz und Schwarz mit ganz viel Grau. Und als ich begriff, dass das mein Leben war, Schwarz und Schwarz und Schwarz mit ganz viel Grau, da wollte ich nur noch raus. Raus aus der Schule, raus aus der Straße, raus aus der Welt.

Euch allen wäre es vermutlich lieber, ich hätte mich einfach klammheimlich von der Brücke gestürzt. Und, ihr werdet lachen, genau das hatte ich erst auch vor. Von der alten Bahntrasse, runter auf den Waldweg. Fast zwei Stunden hab ich da oben gestanden und geschaut und mir ausgemalt, wie ihr wohl reagieren würdet. »Was, die hat sich umgebracht? Wie schrecklich! Na ja, die war ja schon immer irgendwie depri ...«
Nur ein bisschen schockiert müsstet ihr tun, ein paar Erinnerungen ausbügeln ... das war's. Weg wär ich. Und nie, nie, nie würde euch jemand zur Verantwortung ziehen.
Aber den Gefallen tue ich euch nicht.

»Selbstmörder sind Schlappschwänze und Amokläufer sind Idioten.« Das hast du gesagt, Mark, ganz nebenbei, als wir diesen dämlichen Aufklärungsfilm geguckt haben vor den Ferien. Und das ist mir wieder eingefallen, wie ich da oben auf der Brücke stand und der Abgrund immer tiefer wurde. Da wusste

ich, was ich tun musste. Glasklar hab ich es vor mir gesehen, wie ich euch die Augen öffne, einem nach dem anderen.

Deshalb bin ich keine Selbstmörderin und auch kein Amokläufer. Eigentlich bin ich bloß ein Briefträger.

LG,

Beckie

PS: Nein, Mama, du bist nicht schuld. Und du, Papa, auch nicht, egal welchen Quatsch sie euch erzählen. Was ich heute getan habe, war ganz allein meine Idee. Und dass ich euch beide damit verletzen würde, war der einzige Grund, weshalb ich so lange damit gewartet habe.

Schon bei dem Gedanken daran, wie ihr in irgendeinem hellgrün tapezierten Büro sitzt und euch die Polizeipsychologin mit Mitleid traktiert, wird mir so übel, dass ich kotzen will. Man wird euch diesen Brief geben, diesen Brief den ich gerade schreibe und ich habe keine Ahnung was ich noch schreiben soll, was es besser macht.

In wenigen Sekunden werde ich den Umschlag zukleben und einstecken, ich werde ein letztes Mal mit euch frühstücken, meinen Kaffee schlürfen, etwas schweigsamer vielleicht als sonst, und dann … Ja, dann werde ich es tun.

Es tut mir leid.

Mama, Papa, ich weiß, ihr werdet mich nie wirklich verstehen können, aber diese eine Sache musst ihr einfach begreifen: Es tut mir unendlich leid.

FIONA

Herr Filler ließ das Blatt sinken. Er schwieg.

Wir schwiegen.

Beckie schwieg.

Das Deckenlicht spiegelte sich in dem Blut – unnatürlich Weiß in unnatürlich Rot – und allmählich wurde das Schweigen zu Lärm.

»Ich will hier weg«, sagte Ida-Sophie.

»Ja, stimmt«, sagte Tamara.

»Ich auch«, sagte Jan.

Eine Ewigkeit verging.

»Irgendwie ... war sie gar kein Feind«, murmelte ich.

Jemand streifte meine Hand.

Mit seiner Hand.

Und dann krachte die Tür und wir waren zurück.

MARK

Ja, es gab die Welt da draußen noch. Das war ziemlich überraschend. Wäre das ganze Drumherum einfach weg gewesen, verschlungen vom All oder weggeputzt von irgendeiner großen Flutwelle, es hätte mich weniger gewundert.

Stattdessen brach ein Blitzlichtgewitter über uns herein, kaum, dass wir durch den Haupteingang getreten waren. Es war krass. Während wir oben festgesessen hatten, war die Zeit hier unten einfach weitergetickt. Die gesamte Schule war evakuiert worden, Schüler waren von ihren Eltern abgeholt worden. Es gab sogar Zelte mit Psychologen und Seelsorgern drin. Wegen dem Schock.

»Mark Winter, du kannst dir nicht vorstellen, wie sehr ich mich freue, dich zu sehen. Euch alle zu sehen.« Das war der Rektor, Herr Knobloch, mit seinem großen schwarzen Schirm. Derselbe Rektor, der mich noch vor einer Woche wutschnaubend mit der Shisha in meinem Spind konfrontiert hatte. Die Säcke unter seinen Augen schienen noch fünfmal fetter als sonst, er hatte Tränen in den Augen. Überschwänglich wandte er sich um zu den vielen Menschen hinter der Absperrung, Lehrern, Eltern, andren Schülern ... »Sie sind alle zurück«, verkündete er strahlend, »jeder Einzelne hat überlebt!«

Applaus, Jubelrufe, hektische Polizisten, die versuchten, die Eltern hinter der Absperrung zu halten.

Automatisch fragte ich mich, wo die von Beckie steckten, doch natürlich waren sie nicht dabei. Saßen vermutlich gerade zu Hause vorm Radio und machten drei Kreuze, dass ihre Tochter nicht mehr auf diese Schule ging. Wo sich doch hier diese Tragödie abgespielt hatte.

Unruhig ruckelte das Mädchen an meiner Hand. Sie deutete hinüber zur andern Straßenseite und ich erkannte meine Mutter zwischen den Rettungskräften. Dora Winter. Sie wirkte dünn und abgekämpft, aber nicht dünner und abgekämpfter als sonst. Als sie mich entdeckte, hob sie die Hand. *Mark,* formten ihre Lippen, *Mark!*

Ich blieb stehen.

Ich war auf Menschen losgegangen, ich hatte das Lebenswerk meines Lehrers zerstört, ich hatte gesehen, wie jemand starb. Was sollte ich noch bei meiner Mutter?

Sorry, Mama. Deinen Sohn gibt es nicht mehr.

Auch Fiona war stehen geblieben. Sie ging neben uns her, das war mir vorher gar nicht aufgefallen. Trotz des Regens trug sie ihre Jacke überm Arm, die braune Umhängetasche hatte sie eng vor die Brust geschlungen.

Mein Rucksack lag noch oben. Irgendwie hatte ich nicht das Gefühl, ihn noch zu brauchen.

Nachdenklich musterte sie die alte Frau, die drüben auf mich wartete, das Kind an meiner Seite, meine blutige Stirn. »Du kannst auch nicht zurück, oder?«

Fiona lebte noch, das war schön. Ihr kurzes Haar schlängelte sich in feinen Löckchen um ihr Gesicht. Sie war immer noch verdammt blass, aber irgendwie stand ihr das.

»Nein«, sagte ich. Und dann: »Geht schon mal vor, ich komme gleich.« Meine Stimme klang rau. Ich hatte Kopfschmerzen.

»Ist gut«, antwortete sie. »Aber lass dir nicht zu lange Zeit.« Sie tippte mir vorsichtig gegen die Stirn. »Das hier sieht nicht gerade gut aus.«

Ich versuchte ein tapferes Lächeln, was eindeutig misslang, und war dankbar, als sie sich abwandte, um zu den Rettungskräften zu stoßen.

Der Himmel war noch immer grau wie Beton, aber es nieselte nur noch ganz leicht.

»Entschuldigung, möchten Sie nicht auch kommen, ich würde mir Ihre Kopfverletzung gerne mal ansehen ...«

Ich brauchte einen Moment bis ich merkte, dass ich es war, den der Rettungssanitäter meinte. *Du wurdest gesiezt. Zum ersten Mal in deinem Leben wurdest du gesiezt.*

»Klar, danke.« Ich war so verblüfft, dass ich sofort gehorchte.

Die andern schleppten sich bereits rüber zu den Zelten, wie nach der großen Schlacht um Mittelerde. Schwer zu sagen, wer heute gewonnen hatte.

Ich taumelte ihnen nach.

Ungewohnt dünn kam mir Herr Filler vor, so ohne seine Schulterpolster. Jill sah aus wie ein Vampir, der gerade erfahren hat, dass er doch sterblich ist, und Ida-Sophie hielt sich mit beiden Händen den kahlen Kopf. Doch die meisten wirkten einfach wie Tamara, vollkommen ausdruckslos, mit leerem Blick.

Vermutlich waren wir nie so frei wie in diesem Moment, nie so nackt.

Dann waren wir da. Jemand fing an, an meiner Stirn herumzutupfen, ein anderer löste besorgt den Verband um Fabios Hand. Die Kleine machte sich los und folgte Fiona ins Zelt.

»Nele«, hörte ich sie sagen, »ich heiße Nele.«

So.

Jetzt weißt du, was wirklich passiert ist.

Es hat lange gedauert, bis wir davon erzählen konnten.

Teilweise tat es gut.

Teilweise tat es weh.

Teile ließen sich kaum in Worte fassen.

Tja, und jetzt ist sie auf einmal vorbei, die Geschichte. Was wir dachten, was wir taten ...

Was bleibt

Dieses Buch ist erhältlich als:
ISBN 978-3-407-82298-7 Print
ISBN 978-3-407-74770-9 E-Book (EPUB)

© 2017 Beltz & Gelberg
in der Verlagsgruppe Beltz · Weinheim Basel
Werderstraße 10, 69469 Weinheim
Alle Rechte vorbehalten
Lektorat: Matthea Dörrich
Einbandgestaltung: Marion Blomeyer|Lowlypaper, München
Bildnachweis: Marion Blomeyer, München
Herstellung, Satz und Layout: Sarah Veith
Druck und Bindung: Beltz Bad Langensalza GmbH,
Bad Langensalza
Printed in Germany
1 2 3 4 5   21 20 19 18 17

Weitere Informationen zu unseren Autoren und Titeln
finden Sie unter: www.beltz.de

Darrens Leben war schon mal besser …

Todd Hasak-Lowy

Dass ich ich bin, ist genauso verrückt wie die Tatsache, dass du du bist

Ein Roman in Listen

Aus dem amerikanischen Englisch von
Karsten Singelmann
Gebunden, 654 Seiten
Beltz & Gelberg (82171)
E-Book (74816)

Seine Eltern haben sich getrennt, sein großer Bruder Nate ist ausgezogen und sein Liebesleben befindet sich auf dem Tiefpunkt. Und dann steht eines Morgens sein Dad mit einem Schokodonut in der Küche und eröffnet ihm etwas, das Darren komplett aus der Bahn wirft. Darren flüchtet für ein verrücktes Wochenende zu Nate, wo er der faszinierenden Zoey näher kommt …

»Todd Hasak-Lowy hatte die ziemlich durchgeknallte Idee, einen Roman komplett in Listen zu schreiben. Und hat das tatsächlich gemacht!« *Frankfurter Neue Presse*

»Hasak-Lowys Listen-Roman ist hinreißend: bewegend, witzig und spannend.« *Deutschlandradio Kultur*

www.beltz.de **BELTZ & Gelberg**

Ein Mädchen. Ein Junge. Allein. Mitten in der Wüste

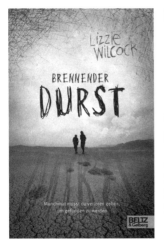

Lizzie Wilcock

Brennender Durst

Manchmal musst du verloren gehen, um gefunden zu werden

Aus dem Englischen von Friederike Levin
Klappenbroschur, 250 Seiten
Beltz & Gelberg (82300)
E-Book (74845)

Auf dem Weg zu ihrer sechsten Pflegefamilie überlebt die 14-jährige Karanda einen Autounfall und findet sich mitten in der australischen Wüste wieder. Ein Rucksack, eine Flasche Wasser und ein verblichenes Foto ihrer Mutter sind alles, was ihr bleibt. Karanda wittert ihre Chance. Endlich kann sie ihr Leben selbst bestimmen.

Wäre da nicht der acht Jahre alte Solomon, der mit im Auto saß. Karanda kann ihn nicht im Stich lassen. Und so kämpfen die beiden ums Überleben. Sie sind verlorene Seelen, sie wollen ihrer Zukunft entkommen und werden dabei von ihrer gemeinsamen Vergangenheit eingeholt.

www.beltz.de

Hätten wir früher etwas sagen sollen?

Fleur Ferris

Im Zweifel tue nichts

Aus dem Englischen von Michael Koseler
Klappenbroschur, 276 Seiten
Beltz & Gelberg (82295)
E-Book (82330)

Taylor und Sierra sind beste Freundinnen, auch wenn sie unterschiedlicher nicht sein könnten: Sierra überstrahlt alle, Taylor steht in ihrem Schatten. Nach einem Chat-Flirt kommt Sierra nicht zur abgemachten Zeit von ihrem Date zurück. Sollen Taylor und ihre Freunde den Eltern alles gestehen? Aber dann käme heraus, dass sie gelogen haben, um Sierra zu decken. Als Sierra tot aufgefunden wird, müssen die Freunde sich der Frage stellen: Hätten wir es verhindern können?

www.beltz.de